Christelle Zaurrini

Ein letztes Mal,

für immer

Für alle, die erst aus ihrem Käfig ausbrechen müssen,

um ihr Glück finden zu können.

Brecht aus!

Fliegt!

Findet euer Glück.

Wahre Liebe bedeutet nicht Abhängigkeit, wahre Liebe bedeutet Freiheit.

Herstellung und Verlag:

BoD – Books on Demand, Norderstedt

Isbn:9783752849851

Laute Musik, funkelnde Lichter, singende Leute. Alles ist perfekt. Zu perfekt für den traurigsten Tag des Jahres. Heute ist der Todestag meiner Eltern. Und wie beim letzten Mal haben meine Freundinnen mich zu einer Party am Strand mitgeschleppt, um mich abzulenken. Wie immer, wenn wir zusammen sind, klappt das einfach wunderbar. Mein luftiges, rotes Sommerkleid schwingt wie loderndes Feuer um meine Beine, als Rose, meine beste Freundin, mich immer schneller im Kreis dreht. Meine Haare hüllen unsere Gesichter ebenfalls in Rot. Von außen sehen wir sicher aus wie ein riesiger Feuerball. Und genauso fühle ich mich auch. Als könnte ich alles verschlingen. Ich fühle mich schwerelos. Lachend falle ich ihr um den Hals, als sie plötzlich die dunkel gefärbten Augenbrauen hüpfen lässt.

»Du wirst angestarrt«, sagt sie, aber als ich mich umdrehen will, gibt sie mir einen Klaps auf die Schulter. »Amy! Du hast echt keine Ahnung, wie man flirtet. Du darfst ihm nicht zeigen, dass du Interesse hast!«

Ich reiße grinsend die Augen auf. »Rose! Ich habe doch keine Ahnung, wie er aussieht! Wie soll ich Interesse haben?« Sie denkt einen Moment nach, zuckt dann die Schultern. »Stimmt auch wieder. Dann geh an die Bar, aber sieh ihn dir nur unauffällig an!« Sie nimmt mein Gesicht zwischen beide Hände und knetet es einen Moment. »Und dann amüsiere dich mit diesem Schnuckelchen!«

Kopfschüttelnd befolge ich ihren Rat und mache mich auf den Weg zur

Bar. Ich versuche meine Hüften besonders anmutig zu bewegen. Sobald ich mich umgedreht habe, fällt mein Blick auf einen Kerl, der eindeutig ein gutes Stück älter ist als ich. Aber hey, mein Vater war auch zehn Jahre älter als meine Mutter, und sie waren glücklich bis zum Schluss.

Am Tresen angekommen, lehne ich mich lässig daran und sofort hält mir Bryan, der Barkeeper, seine Wange hin. Seit ich ihm mal im besoffenen Kopf einen fetten Schmatzer darauf gedrückt habe, weil er mir den leckersten Cocktail überhaut gezaubert hat, verlangt er jedes Mal einen, wenn wir uns sehen. Ohne, dass ich etwas sagen muss, greift er nach einem Cocktailglas, schnappt sich die Zutaten und beginnt meinen persönlichen Traum zu erschaffen. »Na, Schöne. Feierst du das Leben?«

Ich lasse meine Augenbrauen hüpfen. »Jeden Tag, Schöner.«

Ich spüre den Blick des Fremden immer noch auf mir und würde mich am liebsten sofort zu ihm umdrehen. Schon auf den ersten Blick sah er einfach nur unverschämt gut aus. Genau das, was ich jetzt gebrauchen könnte. Ein bisschen Spaß und Ablenkung. Ein kleines Abenteuer.

»Normalerweise mache ich das nicht, und vermutlich denkst du, dass ich schleunigst ins Altenheim verschwinden sollte, aber du siehst einfach zauberhaft aus. Wenn ich dir das nicht gesagt hätte, hätte ich mich heute Nacht vermutlich in den Schlaf geweint.« Verblüfft stelle ich fest, dass der Fremde auf einmal direkt neben mir gegen der Bar lehnt. Meine Mundwinkel zucken. Ich sehe ihn gespielt verwirrt an. »Tut mir leid, Sir. Ich glaube, Sie haben ihr Gebiss irgendwo verloren. Ich verstehe leider kein Wort.«

Er schüttelt lachend den Kopf. »Autsch! Mein armes, altes Herz. Jared«, sagt er und hält mir seine Hand hin.

»Amy.« Als ich danach greife, führt er meine Hand zu seinem Mund und

6

küsst sie. Mein Herz beginnt Salti in meiner Brust zu schlagen. Oh ja, dieser Mann ist absolut das, was ich jetzt brauche.

Kapitel 1

Amy

»Hast du gehört, dass Hollie Vaughn schon wieder eine Arbeitsstelle sucht? Die ist aber auch ständig arbeitslos. Schrecklich!« Ich nicke, obwohl mir das Ganze ziemlich egal ist. Von mir aus kann jeder mit seinem Leben anstellen, was er will. Aber wenn ich Daisy das sage, werden wir bald keine Gesprächsthemen mehr haben. Und wenn wir keine Gesprächsthemen mehr haben, wird sie gehen. Und dann werde ich wieder alleine in dieser gigantischen Villa festsitzen und verloren aus dem Fenster starren.

»Dabei hatte sie doch so gute Voraussetzungen«, antworte ich mechanisch. Es ist nicht das erste Mal, dass Daisy über Hollie lästert. Ich glaube mittlerweile, dass sie ein wenig eifersüchtig auf ihren lässigen Lebensstil ist – ich bin es zumindest. Und nicht nur ein wenig. Ich würde jede Sekunde meines Lebens freiwillig mit ihr tauschen.

Jared kommt mit seiner Aktentasche bepackt ins Wohnzimmer und drückt mir einen Kuss auf die Stirn. »Guten Morgen, mein Liebling. Heute Abend habe ich etwas ganz Besonderes für dich geplant. Zieh dir etwas Hübsches an. Wir gehen schick essen.« Meine Laune hebt sich sofort, und ich würde ihm am liebsten sagen, dass ich es kaum erwarten kann, als er schon wieder aus dem Zimmer verschwunden ist.

Daisy sieht ihm schmachtend hinterher. »Er ist einfach zum Anbeißen. So charmant, und er sieht so heiß aus!« Sie denkt, es macht mir nichts aus, wenn sie so über meinen Mann redet, aber in Wirklichkeit frage ich mich, ob eine beste Freundin so über den Mann der anderen denken sollte.

Wobei es natürlich stimmt. Dafür, dass Jared 15 Jahre älter ist als ich, steht er den Männern in meinem Alter in nichts nach. Er ist mittlerweile 40, aber kein einziges graues Haar hat sich bei ihm eingeschlichen. Und wenn doch, hat er es sich augenblicklich entfernen lassen. An Jareds Körper und Gesicht sitzt jedes Haar, wie es soll. Ich glaube, sie sind schon beim Aufstehen perfekt nach hinten gewölbt, weil sie es schon seit jeher so gewöhnt sind. Ich habe Glück, einen Mann wie ihn zu haben. Glück. »Das stimmt. Wir waren schon ewig nicht mehr zusammen aus. Ich weiß gar nicht, was ich anziehen soll. Hilfst du mir?«, versuche ich das Thema auf etwas Zwangloses zu lenken. Ist es so verkehrt, dass ich einfach mal Spaß haben und kindisch sein will? Vielleicht schaue ich zu viele Filme, aber meine Freundinnen waren immer schon viel zu erwachsen, als dass wir zusammen Pyjamapartys oder Mädelsabende veranstaltet hätten. Wenn es denn mal zu etwas Ähnlichem kam, redeten wir den ganzen Abend über ernste Themen. Ich habe ernste Themen satt. Ich habe so vieles in meinem Leben satt.

Als Jared wieder zu uns stößt, setze ich meine übliche zufriedene Miene auf. Er mag es nicht, wenn ich zu grüblerisch aussehe. Oder schlecht gelaunt bin. Oder unreif. Oder undankbar.

»Wie geht´s Mann und Kind, Daisy? Wir müssen uns mal wieder gemeinsam treffen.« Er lächelt breit, und wenn seine Augen so strahlen, fällt mir wieder ein, wieso ich mich damals in ihn verliebt habe. Ich war erst neunzehn und hätte niemals gedacht, dass ein so gutaussehender, gutbezahlter Mann auf mich stehen könnte, aber er hat mich genau so angesehen. Mit diesen strahlend blauen Augen. Als wäre ich die einzige Frau für ihn. Und ich? Ich habe ihn von da an durch eine rosarote Brille angeschmachtet. Und tue es immer noch.

Daisy winkt ab, verdreht die Augen und seufzt laut. »Ach, weißt du. Wie immer. Der eine arbeitet die ganze Zeit, der andere heult währenddessen. Mutter sein ist nicht einfach, das kann ich dir sagen. Manchmal wünschte ich mir für ein paar Stunden, ich hätte wieder meine Ruhe.«

Daisy lacht. Jared grinst. Ich erstarre.

Ich spüre, wie mein Blut gefriert, wie mein Herzschlag aussetzt. Spüre die wohlbekannte Übelkeit in mir aufsteigen. »Wie kannst du sowas sagen?«, wispere ich und kann die Fassade nicht mehr aufrechterhalten. Jared legt mir eine Hand auf die Schulter. »Übertreib nicht, Liebling.«

»Ich übertreibe nicht. Wie kannst du sowas sagen, Daisy? Weißt du, was ich dafür geben würde?« Sie starrt mich entsetzt an. Nie zuvor habe ich so mit ihr gesprochen. Aber es ist nicht so, als wisse sie nicht, dass dieses Thema ein wunder Punkt für mich ist.

»Es ... Ich ... Ich glaube es wird Zeit, dass ich wieder nach Hause gehe.« Sie steht auf, und ich spüre ihren Blick auf mir, aber ich kann sie nicht ansehen. Stur halte ich den Blick auf die Tischdecke unter meinen Händen gerichtet. Meine Finger krallen sich hinein, zerstören das perfekte Bild des perfekten Tisches in diesem perfekten Haus.

Sobald die Tür ins Schloss fällt, umfasst Jareds Hand meinen Arm und zerrt mich vom Stuhl hoch. »Was hast du dir dabei gedacht? Wieso musst du immer so übertreiben? Es ist kein Wunder, dass dir alle deine Freundinnen weglaufen. Denk mal darüber nach, in was für einem schlechten Licht mich das erscheinen lässt. Dave ist ein wichtiger Mandant – so oft wie er juristische Hilfe braucht!« Sofort habe ich ein schlechtes Gewissen und will mich bei Jared entschuldigen, aber er dreht sich nur kopfschüttelnd um und geht aus dem Haus.

Eine Weile starre ich aus den wandhohen Fenstern auf die Veranda, bis ich beschließe nicht in meinem Selbstmitleid zu zerfließen. Ich rappele mich hoch und laufe in mein Schlafzimmer, um mir ein luftiges Kleid anzuziehen. Die Hitze ist beinahe nicht auszuhalten, aber wenn ich noch länger in diesem Haus festsitze, verliere ich den Verstand. Weil ich den ganzen Tag nichts weiter zu tun habe, als Ordnung zu halten, weiß ich genau, wo das Kleid hängt. Ich bewege mich wie ferngesteuert. Als laufe ich auf Schienen, weil ich jeden Winkel, jede Unebenheit und Ecke in diesem Haus kenne. Draußen schlägt mir die feuchte Luft ins Gesicht. Es wäre das perfekte Wetter, um am Strand zu liegen und den Wellen zu lauschen, aber Jared ist so überfürsorglich, dass er mich am liebsten auf unserem Grundstück einsperren würde. Ich will ihm keinen Grund geben, das Essen heute Abend abzusagen.

Mein Garten blüht in kräftigen Farben und ist ein Paradies für jegliches Getier. Ich beobachte eine Schar Vögel, die sich um den Teich versammelt haben und immer wieder in ihm nach einer Abkühlung suchen.

Neben seinem Baum bleibe ich stehen und lasse mich daran hinuntergleiten. Er ist noch nicht so groß, dass er Schutz spenden kann. Alles, was er mir geben kann, ist Trost. Und das Gefühl, dass ich nicht völlig alleine bin.

Seit einer halben Stunde stehe ich in meinem Ankleidezimmer und grübele darüber nach, was ich anziehen soll. Ich bin weiß Gott keine der Frauen, die sich darüber beklagen, keine Klamotten zu haben. Aber ich bin eine von denen, die einfach nie das passende finden. Die Frage ist: Wohlfühlen oder elegant aussehen? Bisher habe ich kein Kleid gefunden, das beides mit sich bringt. Zumindest keines, das Jared gefällt. Mein rotes, trägerloses Kleid, das ich mir zu meinem zwanzigsten Geburtstag selbst geschenkt habe, ist eines meiner liebsten. Es passt perfekt zu meinem kupferfarbenen Haar, und der samtweiche Stoff legt sich wie eine zweite Haut an meine Kurven. Allerdings hatte ich es kein einziges Mal an – zumindest nicht draußen. Hier drinnen laufe ich ständig damit herum und sehe aus, als warte ich auf die nächste Limousine, um dieses edle Stück ausführen zu können.

Mit einem erschrockenen Blick auf die Uhr muss ich feststellen, dass Jared in einer halben Stunde hier sein wird. Mein Puls rast, als wäre es unser erstes Date. Er hat noch nicht abgesagt, was bedeutet, dass wir heute wirklich ausgehen. Wer weiß, vielleicht werden wir einen wunderschönen Abend verbringen und uns wieder näherkommen. Vielleicht werden wir nach Monaten mal wieder miteinander schlafen. Jared hat es manchmal versucht, aber ich war nie in Stimmung. Ich hoffe so sehr, dass sich das heute ändert.

Ich entscheide mich für ein schlichtes, schwarzes Kleid. Zumindest wirkt es von vorne so, denn der Rücken ist bis kurz über dem Hintern offen. Damit Jared diese Freizügigkeit nicht schon hier zuhause sieht und mich überredet mich umzuziehen, werfe ich mir ein bodenlanges schwarzes Cape über. Man könnte meinen, ich gehe zu einer Beerdigung, aber ich freue mich innerlich wie ein Kind auf den Moment, in dem ich das Cape ausziehen kann. Eigentlich bin ich kein Mensch, der gerne die Aufmerksamkeit auf sich zieht, aber ich wurde schon viel zu lang nicht mehr als Frau angesehen. Und schämen muss Jared sich ja nun wirklich nicht für mich. Ein bisschen goldener Lidschatten und braunen Lippenstift und ich bin mit dem Endergebnis ziemlich zufrieden. Am Schluss hänge ich mir mein bronzenes Medaillon, das mich schon mein Leben lang begleitet, um den Hals und sehe mir die Fotos im Inneren an. Früher erwartete mich nur ein Bild. Das von meinen Eltern. Sie haben mich schon früh verlassen. Als ich siebzehn war, sind beide bei einem Flugzeugabsturz ums Leben gekommen. Meine Eltern liebten das Entdecken von neuen Ländern. Vor meiner Geburt waren sie dauernd unterwegs. Mich wollten sie auf so lange Reisen nicht mitnehmen, weil ich zu viel von der Schule verpasst hätte, aber als ich alt genug war, um alleine zu Hause zu bleiben, sind sie wieder einmal um die Welt gereist. Nur kamen sie nicht mehr zu mir zurück. Ich habe die nächsten Jahre bei meiner Tante gelebt, bis ich Jared kennengelernt habe.

Vor vier Jahren kam ein zweites Bild in meinem Medaillon hinzu.

Ich küsse beide Seiten und schließe es wieder.

»Ach, hier bist du! Wir müssen los.« Jared sieht umwerfend aus in seinem schwarzen Anzug und der roten Krawatte. Ich lächle verborgen bei dem Gedanken, dass es super zu meinem Kleid gepasst hätte. Ich hake meinen Arm bei ihm unter und folge ihm nach draußen zu seinem SUV. Die ersten Grillen an diesem Abend zirpen schon, die Sonne beginnt langsam unterzugehen, und die Luft riecht nach Sommer. Es hat den Anschein, als könnte heute ein perfekter Abend werden.

An meinem Lieblingsrestaurant angekommen, frage ich mich, ob ich einen besonderen Anlass vergessen habe. Jared hasst dieses Lokal, seit ihm ein Kellner versehentlich Muschelsuppe anstatt Schweineragout serviert hat. Aus freiwilligen Stücken würde er nicht mehr herkommen.

»Womit habe ich das denn verdient?«

Er streichelt mir über die Wange. »Du hast es eben verdient.« Wie immer, wenn er etwas so Liebes zu mir sagt, beginnt mein Herz zu tanzen. Es gibt Momente, da denke ich, dass er seine Liebe zu mir verloren hat. Doch im letzten Augenblick überzeugt er mich mit kleinen Gesten, dass ich falsch liege. Hand in Hand schlendern wir zum Eingang, und ich habe ehrlich das Gefühl, dass nun alles wieder besser werden kann. Die letzten Jahre waren schwer, aber jetzt muss es einfach wieder bergauf gehen!

»Wir haben reserviert. Moore«, sagt Jared an den Empfangschef gewandt, welcher sofort in dem Gästebuch nachsieht. »Ah perfetto. Ihre Gäste erwarten Sie bereits. Ich führe Sie hin.«

Wir folgen ihm mit etwas Abstand, und ich berühre Jared sanft am Arm. »Du hast mir nicht gesagt, dass du noch jemanden eingeladen hast«, sage ich und kann meine Enttäuschung nicht verbergen.

Er bleibt stehen, um einen Augenblick mit mir alleine zu reden. Diskussionen vor anderen Menschen mochte Jared noch nie. Er verschränkt die Arme vor der Brust. »Miranda Harris sucht einen Partner für ihre Anwaltskanzlei, und ich denke, ich habe gute Chancen. Also sei so charmant, wie du kannst.«

Ich verziehe das Gesicht. »Wieso willst du so unbedingt in ihre Kanzlei? Alleine läuft es doch super. Wir haben alles, was wir uns nur vorstellen können.«

Jareds Kiefer mahlen. »Es geht nicht um das Geld, Amy. Es geht mir um meinen Ruf. Miranda Harris ist eine der bekanntesten Anwälte des Staates. Also benimm dich angemessen.«

Ich nicke matt. »Ich versuche es.«

Er sieht mich streng an. »Das ist mir wirklich wichtig. Miranda hat ihren

14

Sohn dabei – ein Taugenichts. Versuch dir nichts von seinem Verhalten abzuschauen, bitte.« Er spricht mit mir, als wäre ich ein kleines Kind, das ja nicht anfangen soll, frech zu seinen Eltern zu werden. Ich seufze und bereue es, dass ich mir so große Hoffnungen für den Abend gemacht habe.

Die Erkenntnis meines Lebens: Erwarte nichts, egal wie prachtvoll und perfekt etwas aussieht, denn am Ende wirst du nur enttäuscht.

Als wir an dem Tisch ankommen, ringe ich mir ein Lächeln ab und begrüße die beiden Gäste meines Mannes, die sich respektvoll erheben und uns die Hände reichen. »Ich bin Miranda Harris, das ist mein Sohn Sean«, erklärt mir eine etwa 60-jährige Frau und deutet auf den Mann neben sich. Ich hatte nach Jareds Erzählung wirklich gedacht, dass der Sohn ein verzogener Teenie sein würde, aber Sean, der sich mir mit festem Händedruck selbst noch einmal vorstellt, ist kein Teenager. Er ist ein verdammt gutaussehender Mann. Etwa in meinem Alter. Strähniges schwarzes Haar und die grünsten Augen, die ich jemals gesehen habe. »Sean, freut mich Sie kennenzulernen. Auf einen schönen Abend.« Er lächelt, und etwas blitzt in seinen Augen auf. Etwas, das mir verrät, dass er genauso unzufrieden damit ist, hier zu sein, wie ich.

»Auf einen schönen Abend«, erwidere ich und hebe eine Augenbraue.

Jared setzt sich vor Miranda Harris, sodass ich Sean gegenüber platznehmen muss. Sein Blick ist stechend. Ich weiß nicht, wo ich hinschauen soll, weil seine Augen nicht eine Sekunde von mir abweichen. Nicht einmal, als ich so tue, als studiere ich die Speisekarte. Das schiefe Lächeln weicht nicht von seinem Gesicht, was mich noch nervöser macht. Weil Jared sich angeregt mit Miranda unterhält, bekommt er die Aufmerksamkeit, die mir zuteilwird, nicht mit. Ich bin mir sicher, dass ihm das ganz und gar nicht gefallen würde.

»Und Sie begleiten Ihren Mann immer auf diese stinklangweiligen Geschäftsessen?«, erklingt plötzlich die dunkle, markante Stimme meines Gegenübers. Oh Mann! Das ist eine Stimme, die einem in schmutzigen Träumen noch schmutzigere Dinge zuflüstert!

»Und Sie begleiten Ihre Mutter zu diesen stinklangweiligen Geschäftsessen? Mir scheint, als habe ich da noch den verständlicheren Grund.«

Das Grinsen wird noch breiter. »Touché!« Dieses verdammte Grinsen ist ansteckend! Meine Wangen sind ein so aufdrängendes Lächeln nicht mehr gewohnt. Ich muss mich richtig anstrengen es zu unterdrücken.

Ich berühre Jared am Arm, sodass er sich mir für eine Millisekunde zuwendet. »Ich muss mich kurz entschuldigen.«

»Lass mich nicht zu lange allein, Liebling.« Sofort wendet er sich wieder von mir ab. Als ob ihn das an diesem Abend interessieren würde …

Ich stehe auf und bereue beinahe, dieses Kleid angezogen zu haben, als ich Seans Blick auf mir spüre. Mit Blicken ausziehen muss er mich immerhin nicht mehr. Jared hingegen übersieht mich. Wie so oft.

Ich lehne mich gegen das Waschbecken und fixiere mein Bild im Spiegel. Wieso musste ich nur mitkommen? Wieso konnte er mich nicht einfach zuhause lassen? Dieser Abend wird schrecklich!

Ich versuche so viel Zeit wie möglich zu schinden, um nicht wieder zurück an diesen Tisch mit der peinlichen Stille zu müssen. Aber irgendwann komme ich mir selbst blöd vor, straffe die Schultern und schreite mit gehobenem Kopf zurück. Ich habe keinen Grund, mich unwohl zu fühlen! Eher müsste er sich schämen, mich so unverhohlen anzuglotzen.

»Ich hoffe, du hast mich nicht zu sehr vermisst«, surre ich, als ich mich nah an Jared lehne.

»Jetzt nicht, Amy. Ich unterhalte mich gerade!«

»Tschuldigung«, nuschle ich und rücke wieder weiter weg. Was auch immer ich mit meinem Geflirte beweisen wollte, es ist wohl deutlich in die Hose gegangen. Aber immerhin ist das unverschämte Grinsen aus Seans Gesicht verschwunden. Stattdessen starrt er Jared an, schüttelt verständnislos den Kopf und wendet sich wieder mir zu. Sogar sein Blick ist jetzt anders. Nicht mehr so starr, eher interessiert.

»Haben Sie ebenfalls Jura studiert?«

Mein Herz beginnt zu rasen, weil jetzt wohl der Moment gekommen ist, in dem ich Konversation betreiben muss. In dem ich ihm etwas über mich erzählen muss. Und dann sieht er, dass es da überhaupt nichts zu erzählen gibt. Er erkennt, dass ich ein total uninteressanter Mensch bin.

»Ich … habe überhaupt nicht studiert. Ich wollte nach der Schule eigentlich einige Zeit reisen, doch dann habe ich kleinere Jobs angenommen und irgendwann Jared kennengelernt.« Schnell presse ich die Lippen aufeinander, weil ich selbst überrascht bin, dass ich so viel über mich preisgebe.

»Hätte meine Mutter mich nicht gezwungen, hätte ich ebenfalls nicht studiert.« Er stupst seine Mutter mit dem Ellenbogen an, die ihm einen leichten Klaps auf die Schulter gibt, ohne ihn eines Blickes zu würdigen. »Was haben Sie denn sonst für Interessen? Hobbys?«

Ich hole tief Luft. Es ist zwecklos, mich um das Unvermeidbare herumzudrücken. Er kann mir noch so viele Fragen stellen, es wird nur

17

schlimmer werden. »Ich muss Sie leider enttäuschen. Ich bin vermutlich der langweiligste Mensch, den Sie in letzter Zeit getroffen haben. Am besten wir reden über das Wetter, das ist interessanter.«

Sean stützt sein Gesicht in die Hände und kommt mir dadurch noch näher. Ob es unhöflich wäre, wenn ich zurückrutsche? Vielleicht nicht, aber aus irgendeinem Grund kann ich es nicht. Ich bleibe standhaft, stütze mich sogar selbst auf meine Arme. Oha, wo kommt plötzlich diese Coolness her?

»Das glaube ich nicht, Amy.«

»Was genau?«

»Dass Sie langweilig sind. Ich denke, Sie sind überaus interessant.« Mein Herz macht einen Satz, aber ich lasse mir nichts anmerken. »Alleine schon ihr Anblick lässt auf etwas unglaublich Interessantes hoffen.« Seine Stimme wird immer leiser, obwohl kein Mensch uns zuhört. Trotzdem spüre ich die Spannung. Vielleicht ist sie gerade deshalb so flatternd, weil mein Mann genau neben mir sitzt. Ich habe zwar nicht besonders viel Erfahrung, aber ich denke zu erkennen, wenn ein Mann mit mir flirtet.

»Sie finden Frauen interessant, nur weil sie gut aussehen?«

»Schaden tut es zumindest nicht. Aber nein, ich glaube, Sie sind interessant, weil Sie sich für dieses Kleid entschieden haben, obwohl es bestimmt nicht das Lieblingsteil eines gewissen Herrn ist.«

Ich setze mich wieder aufrecht hin, weil mir die Richtung des Gesprächs zu weit geht. Was, wenn Jared doch zuhört? »Wann kommt denn der Kellner?«, frage ich an ihn gewandt, weil ich ihn nun bewusst auf mich aufmerksam machen will.

»Wir haben schon bestellt.«

»Oh.«

Er legt mir eine Hand aufs Knie und drückt leicht zu. »Keine Angst, ich habe dir dein Lieblingsessen bestellt.«

Lange müssen wir nicht mehr auf unsere Bestellungen warten. Als der Kellner einen Teller Gnocchi mit Rucola an unseren Tisch bringt, läuft mir das Wasser bereits im Mund zusammen. Ich bin minimal enttäuscht, als er es auf die gegenüberliegende Seite des Tisches abstellt. Mein Magen knurrt bei dem unwiderstehlichen Duft, was meine Tischnachbarn besonders lustig finden. »Immer hungrig. Wo kommt das nur her?«

»Frauen beglücken sich mit Essen, wenn der Mann sie nicht befriedigen kann«, wirft Sean lachend ein, was ihm einen bösen Blick seiner Mutter und einen noch böseren Blick Jareds einbringt. Ich hingegen bin zu geschockt, um auch nur irgendwie zu reagieren. Zum Glück kommt da auch schon der Kellner mit den restlichen Tellern. Sobald er mein Gericht vor mir abstellt, vergeht die Vorfreude. »Entrecôte?«, frage ich enttäuscht.

»Du mochtest das doch immer so gerne«, sagt Jared. Sein Blick ist bittend. Worum genau er bittet, weiß ich nicht. Dass ich es einfach essen soll, ohne zu meckern?

»Jared, ich esse seit einem Jahr kein Fleisch mehr.«

»Ach. Ich dachte, das wäre nur so eine Phase.« Sichtlich irritiert sieht er zu Miranda, die nur die Augen verdreht. »Noch so eine! Wie mein Junge. Schrecklich kompliziert!«

Unter dem Tisch legt er eine Hand auf mein nacktes Knie und drückt zu. Nicht zu fest, doch sanft ist diese Berührung gewiss auch nicht. »Dann iss halt die Beilagen, Liebling.«

Lustlos stochere ich in meinem Salat und den Kartoffeln herum, bis jemand mich an der Hand berührt.

»Wollen Sie ein Teil meiner Gnocchi, Amy?«

»Nein, danke. Das geht schon.« Er nimmt seine Hand nicht weg, und ein Kribbeln breitet sich von der Stelle, an der er meine Haut berührt, aus.

»Wirklich. Das ist ohnehin eine viel zu große Portion. Bevor wir kamen, hab´ ich mir noch ein Sandwich gemacht. Normalerweise gibt es in so edlen Restaurants nur Kinderportionen.« Ohne auf weitere Widerrede zu warten, schabt er die Hälfte seines Essens auf meinen Teller.

»Wie haben Sie sich überhaupt kennengelernt?«, fragt Miranda und sieht dabei von Jared zu mir. Jared redet nicht gern darüber, deshalb winkt er nur ab. »Das ist keine besonders interessante Geschichte.«

»Schade. Ich wünsche mir schon lange eine Schwiegertochter, aber mein Sohn scheint keine Frau länger als eine Nacht an sich binden zu wollen.« Bei diesen Worten sieht sie nicht Sean an, sondern mich. So als wolle sie mich ... warnen?

Ich wende mich wieder meinem Essen zu und denke an unser erstes Treffen.

Ich war gerade erst neunzehn geworden. Eigentlich noch zu jung, um mit einem Mann von Jareds Kaliber in Kontakt zu kommen, aber er hatte mich auf einer Beachparty auf der Tanzfläche entdeckt und wollte mich sofort kennenlernen. Mir war es von Anfang an egal, dass er so viel älter ist. Ich habe mich im ersten Moment in ihn verliebt.

Ich sehe ihn von der Seite an und frage mich, wann er sich nur so sehr verändert hat. Ein Stich durchzuckt mein Herz, als ich daran denke, dass ich Schuld daran trage.

»Wollen Sie meinen Nachtisch, Sean? Die Portion ist einfach viel zu groß.«

Ich zwinkere ihm zu und ernte ein breites Grinsen. Er nimmt meinen Teller und löffelt sich einen vollgeschöpften Löffel Crème brûlée in den Mund. Er verdreht verzückt die Augen. »Deliziös«, murmelt er mit vollem Mund, was mich zum Lachen bringt und so Jareds Aufmerksamkeit auf mich ziehe. Er verengt die Augen. »Du teilst deinen Nachtisch? Sonst kannst du doch nicht genug von Süßem bekommen.«

»Ich habe genug, Jared. Glaub es mir einfach.« Für gewöhnlich rede ich nicht so mit ihm – vor allem nicht vor Kollegen, aber an diesem Abend scheint ohnehin alles ein wenig anders zu sein. Zumindest fühle ich mich anders. Irgendwie stärker. Tougher. Wer weiß, wann ich mich das nächste Mal so fühlen darf. Ich muss jede Sekunde auskosten.

Nachdem alle aufgegessen haben, ziehe ich mein Cape wieder über und will signalisieren, dass ich Nachhause will, doch Jared erklärt mir, dass ich schon einmal vorgehen soll.

»Vorgehen? Wir sind mit dem Wagen hier.«

Genervt dreht er sich zu mir um und packt mein Handgelenk. Vorsichtig, um keine Szene zu machen, versuche ich es zu befreien, doch er hält es zu fest. »Du solltest charmant sein, hast du das vergessen? Davon habe ich nicht viel mitbekommen. Du wusstest, wie wichtig mir dieser Abend war. Also gehst du vor, oder nimmst dir ein verdammtes Taxi«, zischt er, sodass Sean und Miranda, die sich gerade unterhalten, nichts hören. Zumindest denkt er das, aber ich sehe Seans Blick, der kaum merklich zu uns zuckt.

»Okay.«

Jared nickt knapp und bestellt bei dem Kellner einen Whiskey, bevor er sich wieder Miranda zuwendet.

Ich bin nicht sehr lange aus dem Restaurant verschwunden, da höre ich jemanden meinen Namen rufen. Und obwohl ich diesen Jemand erst seit einigen Stunden kenne, würde ich seine Stimme überall wiedererkennen.

»Sean?«, frage ich verwirrt, als er zu mir aufschließt. »Was wollen Sie denn hier?«

»Sie begleiten«, sagt er schulterzuckend.

»Und Jared hat das zugelassen?« Das kann ich mir kaum vorstellen. Als ob er Sean und mich ohne Aufsehe hier in der Dunkelheit herumgeistern lassen würde. Dass er mich alleine herausgeschickt hat, war kein Zeugnis von Vertrauen, sondern eine Bestrafung.

Als er näher herangelaufen kommt, sehe ich, dass er zwar ein elegantes Hemd trägt, unten herum jedoch nur eine Shorts. Im Restaurant ist mir das überhaupt nicht aufgefallen. Jetzt jedoch muss ich mein Grinsen unterdrücken. »Die beiden hätten nicht einmal mitbekommen, wenn der Papst höchstpersönlich an meiner Stelle an ihrem Tisch sitzen würde.«

Ich lache und beschließe ihm einfach mal zu glauben. »Bitte reizen Sie Jared nicht mehr so wie vorhin am Tisch.« Sean und ich schlendern nebeneinander über den nassen Sand. Immer wieder schwappen kleine Wellen über meine Füße, und ich genieße jede einzelne. Der Weg über den Strand ist zehn Minuten länger, aber ich komme so selten hierher, obwohl ich das Meer von unserem Haus aus sehen kann.

»Reizen?«, fragt er und hebt eine Augenbraue.

»Na. Wegen dem Hauptgang. Dass er mich nicht befriedigt und so … Sie wissen schon.«

Er lacht auf. »Er scheint nicht gerade eine Spaßkanone zu sein. Aber glauben Sie mir: Es war nur ein Witz. Eine so hübsche Frau wird man wohl kaum unbefriedigt lassen.«

»Wenn Sie wüssten …«

»Erzählen Sie es mir.« Er stupst mich mit der Schulter an, greift aber sofort nach meinem Handgelenk, damit ich nicht versehentlich ins Wasser falle.

»Oh Gott! Lassen wir das Thema, bitte.« Ich schlage mir die Hände vors Gesicht.

Er lacht leise auf. »Aber gerade jetzt wird es doch interessant!«

»Wie schon erwähnt, an mir gibt es nichts Interessantes. Sogar mein Sexleben ist stinklangweilig.« Wieso habe ich das laut gesagt?

»Das ist überaus bedauerlich. Sie sind … Können wir diese beschissene förmliche Anrede lassen? Dabei fühle ich mich immer so unfassbar alt.«

Ich lache, weil es mir genauso geht. »Bitte! Die meisten Freunde von Jared bestehen darauf!«

»Wie gut, dass ich kein Freund von Jared bin.«

Wir verlassen den Strand und laufen den Privatweg zu unserem Grundstück entlang, vor dem wir stehenbleiben.

»Heilige Scheiße! Das Haus meiner Mutter ist ja schon übertrieben, aber das da? Wow! Meine Mutter hat wohl doch nicht so ein großes Ego, wie ich immer dachte.«

Ich kichere und kann ihm nur zustimmen. Der Grund und auch die Villa sind gigantisch. Viel zu groß für zwei Personen … viel zu einsam. Viel zu abgeschieden. »Zumindest kann ich meine Tage damit verbringen, mich zu verirren und wieder einen Weg hinauszufinden.«

Sean lacht matt, dreht sich zu mir um und sieht mich an. Wieso nimmt er ständig Blickkontakt auf? Ist ihm das nicht genauso unangenehm wie mir? Ich muss schon nach wenigen Momenten den Blick abwenden.

»Hey!«, Sean legt zwei Finger unter mein Kinn und hebt meinen Kopf an, sodass ich nicht wieder wegschauen kann. »Du musst diese Bescheidenheit ablegen. Du wirkst wie eine starke Frau, zeig das auch. Ich freue mich schon, dich kennenzulernen, Amy. Ob du es glaubst oder nicht: Für mich bist du alleine deshalb schon interessant, weil du es mit diesem Kerl aushältst.«

»So schlimm ist er nicht.«

»Viel besser aber auch nicht.« Er beugt sich mir entgegen und haucht mir einen Kuss auf die Wange. »Gute Nacht, Amy Moore.«

Dann ist er verschwunden, aber das Kribbeln auf meiner Wange, welches sich bis in mein Herz ausbreitet, wird mich die ganze Nacht begleiten.

Kapitel 2

Sean

»Was hältst du von Jared Moore?«, fragt meine Mutter, während sie in ihrem Salat herumstochert. Wie jeden Mittag bin ich zum Essen gekommen, obwohl wir uns genauso gut in einem Restaurant treffen könnten, weil sie in ihrem Leben noch nie selbst etwas gekocht hat. Aber an dieser Tradition lässt sich nichts rütteln. Ich weiß genau, wie gerne sie hätte, dass ich wieder hier einziehe, wie gerne sie mich in ihrer Kanzlei wissen würde, wie gerne sie über jeden Punkt meines Lebens bestimmen würde. Doch irgendwann Jahren habe ich beschlossen, dass ich selbst entscheide, wohin mein Leben mich führt.

»Was soll ich von ihm halten?«, frage ich und versuche meine Abneigung nicht zu deutlich durchsickern zu lassen.

»Na, du musst mir deine Meinung sagen, Sean. Weil du mich ja im Stich gelassen hast, muss ich mir einen neuen Partner für die Kanzlei suchen.«

»Ich habe dich nicht im Stich gelassen, Mutter. Du hast mich gezwungen Jura zu studieren. Ich wollte das nie, das weißt du.« Genervt lege ich meine Gabel nieder und greife nach meinem Glas. Immer dieselben Diskussionen – ich bin es leid! »Genauso wie du mich in eine unglückliche, aber profitable Ehe zwingen wolltest.«

»Ach, ich weiß ja. Du wirst deine Meinung nicht mehr ändern?« Seufzend lässt sie die Gabel sinken.

»Nein«, sage ich ruhig, aber bestimmt. Ich frage mich, ob sie es so langsam begreift.

»Na gut. Also?«, hakt sie nach und stopft sich eine Cocktailtomate in den Mund.

»Also was?«

Sie schnalzt mit der Zunge, weil sie genau weiß, dass ich sie nur ärgere. »Also, was hältst du von ihm?«

»Ich mag seine Frau ...«

»Sean ...«, stöhnt sie frustriert und fixiert mich mit ernstem Blick.

Meine Meinung ist ihr wirklich wichtig, weshalb ich ihr am liebsten von dem Kerl abraten würde. Aber nur weil er ein Arschloch ist, ist er nicht unbedingt ein schlechter Anwalt. Und meine Mutter kann die Kanzlei alleine nicht mehr lange führen. »Er passt in deine Kanzlei, Mutter.« Ich stehe auf, gehe zu ihr und gebe ihr einen Kuss auf die runzlige Stirn. »Und jetzt muss ich wieder arbeiten.«

Sie schnauft. »Das nennst du arbeiten.« Ohne auf ihren Kommentar einzugehen – den ich auch schon mehr als einmal gehört und überhört habe – schnappe ich mir meinen Rucksack und bin schon auf dem Weg zur Tür, als sie mir noch etwas zuruft. »Wir sind heute Abend bei ihnen eingeladen. Sei pünktlich!«

Ich liebe meine Mutter. Wirklich! Aber seit dem Tod meines Vaters muss ich sie überallhin begleiten, weil es ihr zu »unschicklich« ist, alleine irgendwo zu erscheinen.

Das nervt!

Weil ich ohnehin schon viel zu spät bin und in zehn Minuten eine Schülerin auf mich wartet, nehme ich nicht das Auto, sondern das Fahrrad. Genau genommen wäre ich mit dem Auto schneller, aber an einem Samstagmittag einen Parkplatz zu finden ist die Hölle! Es ist die Zeit, in der die Touristen den Einkaufsstraßen Lebewohl sagen, um es sich am Strand gemütlich zu machen. Genau meine Zeit, weil viele hübsche, junge Frauen surfen lernen wollen. Ich liebe meinen Job!

Heute allerdings kann ich mich nicht auf die kurvige Blondine konzentrieren, der ich zum wiederholten Mal zeigen muss, wie sie sich am besten auf dem Brett hält. Ich weiß nicht, ob sie die Trockenübungen so sehr genießt, oder einfach zu blöd ist, um meine Anweisungen zu kapieren.

»Fühlst du dich bereit, um ins Wasser zu gehen?«

»Begleitest du mich denn dahin?«, fragt sie mit honigsüßer Stimme. Für gewöhnlich würde ich darauf anspringen, aber heute habe ich kein Interesse daran. Natürlich sind Affären mit meinen Schülern tabu, aber gegen einen kleinen Flirt hat noch nie jemand etwas gesagt.

»Natürlich. Ich bin dein Surflehrer, wie soll ich dir sonst etwas beibringen?« Ich schnappe mir ihr Brett und erkläre ihr, dass sie heute erst einmal versuchen soll auf ihm sitzen zu bleiben.

»Soll das ein Scherz sein? Ich will surfen. Nicht sitzen.«

Ich kenne diese Widerreden. Alle denken, sie wären so talentiert, dabei werden sie von der ersten Welle vom Brett geworfen. »Versuch es einfach.« Ich folge ihr ins Wasser, das wie immer alle Sorgen mit sich zieht, sobald ich hineinschreite.

Kurz schließe ich die Augen und frage mich, wo ich heute wäre, wenn ich nicht rechtzeitig die Reißleine gezogen hätte. Mein ganzes Leben lang habe ich im Kreis meiner Familie so getan, als wäre ich wie sie. Ich habe ihre Träume gelebt, ihnen vorgespielt, ich wäre ein braver, anständiger Junge. Das hat ganz wunderbar geklappt, denn sie haben mich ansonsten in Frieden gelassen und so konnte ich meine Jugend dennoch genießen. Bis ich in meinem Studiengang ein Mädchen kennengelernt habe. Kathleen. Ich mochte sie und so habe ich sie meinen Eltern vorgestellt. Meine Mutter und sie haben sich auf Anhieb verstanden, was mir von Anfang an hätte Sorgen bereiten müssen. Ich habe nicht einmal bemerkt, wie die zwei Frauen mich immer weiter in ein Netz verstrickt haben, in dem ich kaum noch atmen konnte. Die Maske, die ich früher nur vor meinen Eltern aufhatte, schien mit mir zu verschmelzen. Ich wurde zu dem Menschen, den ich sonst nur vorgespielt habe. Nach nicht einmal zwei Monaten zogen wir zusammen und redeten von Hochzeit und Kindern und einer gemeinsamen Kanzlei mit meinen Eltern. Oder besser gesagt: Meine Mutter und Kathleen redeten. Ich stand bloß noch daneben und nickte. Ich lebte nicht mehr, ich existierte. Alles, was ich mir für mein Leben erträumt hatte, schien mit einem Mal nur noch wie eine ferne Phantasie. Ein Wunschtraum, der nichts mit der Realität gemeinhatte. Mit jedem Tag, an dem sie weiterredeten und ich weiternickte, spürte ich einen Teil des alten Sean sterben. Ich liebte Kathleen nicht. Ich war mir irgendwann nicht einmal mehr sicher, ob ich sie überhaupt mochte. Sie war meiner Mutter zu ähnlich und das jagte mir eine Heidenangst ein. Erst mein bester Freund Trevor holte mich zurück in die Realität, als er sich von mir verabschiedete. »Ich habe dich geliebt, Bruder. Aber der Sean, den ich kannte, ist längst nicht mehr anwesend. Ich kann nicht mehr mit ansehen, wie du dich immer weiter verlierst.« Ich sollte mir diesen Satz tätowieren lassen, denn er hat mich gerettet.

Kathleen hat mittlerweile irgendeinen anderen armen Kerl in ihr Netz gewoben und ist mittlerweile eine ernsthafte Konkurrenz für meine Mutter. Dennoch fühle ich mich nicht schuldig. Nein, ich fühle mich seit der Entscheidung, mein Leben zu leben, frei. Und das ist alles, was ich mir jemals gewünscht habe.

Nachdem meine Schülerin fünfmal das Gleichgewicht verloren hat, konzentriert sie sich, und plötzlich klappt es auch. Das »auf-dem-Bauch-

Liegen« klappt allerdings eher schlecht als recht. Nach zwei Stunden hat sie keine Lust mehr und macht für heute Schluss.

»Übermorgen werde ich es schaffen!«, sagt sie und nickt immer wieder. So als würde sie sich selbst überzeugen wollen.

»Du hast ja noch zwei Wochen. Wir kriegen das schon hin.« Zuerst läuft sie über den Strand, aber schnell verlangsamt sie ihre Schritte. Ich gehe grinsend zurück zu meiner kleinen Hütte, vor der Trevor schon wartet.

»Hey! War die heiße Kim wieder da?«, ruft er schon von Weitem und macht eine Handbewegung, als hätte er sich die Finger verbrannt.

»Jop.«

»Fuck! Ich hatte gehofft, dass du sie mir überlassen würdest.« Trevor arbeitet nicht wirklich bei mir, weil man sich auf ihn noch weniger verlassen kann als auf mich, aber ab und zu hilft er hier aus. Da er ohnehin den halben Tag bei mir rumhängt und mir meinen Kühlschrank leer frisst und trinkt, kann er das auch ruhig tun. Er rappelt sich aus dem Sand hoch und klopft sich die Hände an seiner Badehose ab.

»Mann, ist das ein geiles Wetter heute! Ich will heute Abend mit ein paar von den Jungs auf Tour gehen. Bist du am Start? Leckere Drinks, hübsche Mädels.« Er wackelt mit den Augenbrauen, was dazu führt, dass ihm Sand von der Stirn in die Augen fällt.

»Klingt verlockend, aber ich muss meine Mum zu einem Essen begleiten.« Er lässt sich zurück in den Sand fallen, stemmt sich auf die Ellenbogen und sieht mich mitleidig an. Ich hocke mich neben ihn.

»Du hast mein tiefstes Mitgefühl. Ich werde dir zu Ehren zwei Schnitten klarmachen. Ich bin in Gedanken bei dir, Mann!« Lachend schüttle ich den Kopf.

»Das wird ein schweres Los, mein Freund.«

»Das schwerste.«

»Aber du musst dich nicht opfern. Ich denke, das Essen könnte interessant werden.«

»Aha! Die Familie hat eine hübsche Tochter? Na also!«, ruft er und klatscht in die Hände.

»Nicht direkt eine Tochter.«

»Etwa ein Sohn?«, fragt er verwirrt.

»Auch nicht, du Idiot! Eher eine Ehefrau.«

Er schweigt. »Fuck! Wenn du dir da mal nicht die Finger verbrennst!«

Ich bin mir sogar zu 100 Prozent sicher, dass ich mir die Finger verbrennen werde. Der einzige Grund, wieso ich sie nicht schon bei unserem letzten Treffen angemacht habe, ist meine Mutter. Die wäre stinksauer. Aber hey, sie weiß, wie ich bin. Und sie hat selbst Augen im Kopf und kann sehen, dass Amy eine atemberaubende Frau ist.

»Scheiße! Bist du mit dem Wagen da?«

»Mit dem Skateboard, wieso?«, fragt Trev, wendet den Blick aber nicht von dem Paar ab, das vor uns den Streit des Jahrhunderts ausficht. Ich springe auf, schnappe mir meinen Rucksack und sprinte regelrecht los. Ich höre noch, wie Trev laut hinter mir auflacht, als ihm nun auch klargeworden ist, dass ich schon viel zu spät bin.

Ich tauche gleich mit Badeshorts bei einem Abendessen auf! Super! Meine Mutter wird ausrasten! Kurz bevor ich das Grundstück erreiche, wühle ich noch in meiner Tasche, um mein T-Shirt herauszukramen. Es ist komplett zerknittert, aber das ist allemal besser als nackt

30

hineinzumarschieren.

»Da bist du ja!«, ruft mir eine Stimme entgegen, die ich sofort wiedererkenne. Als ich sie sehe, stockt mir der Atem. Heute trägt sie ein kurzes Kleid, was die Sicht auf ihre wahnsinns-Beine zulässt. Ihr Blick streift meinen nackten Oberkörper, und ihr Gesicht nimmt in Sekundenschnelle eine rosa Farbe an. Wie gut, dass nicht nur mir gefällt, was ich sehe.

»Sorry! Hab total die Zeit vergessen.« Schnell streife ich mir das Shirt über den Kopf und folge ihr in das pompöse Anwesen. Von Weitem sah es schon übertrieben aus, von Nahem ist es einfach lächerlich. »Hatte meine Mutter schon einen Nervenzusammenbruch, weil ich nicht pünktlich bin?«

Amy kichert. »Noch nicht, aber sie ist ein wenig ungeschmeidig.«

Mit gestrafften Schultern widme ich mich für das Unwetter, welches bald über mich hinwegtost. »Das ist ihr gewohnter Gefühlszustand. Aber warte mal, bis sie meinen Aufzug sieht. Man kann die Ader an ihrem Hals richtig pulsieren sehen.«

Im Innern des Hauses höre ich das Lachen meiner Mutter und habe die leise Hoffnung, dass sie meine Abwesenheit nicht registriert hat. Amys Hand fährt wie mechanisch zu ihrem Dekolleté, dann zuckt sie unmerklich zusammen, »Ich muss noch kurz in mein Zimmer. Ich habe etwas vergessen. Geh schon mal vor. Einfach den Flur entlang, die letzte Tür rechts.«

»Dein Zimmer?«, frage ich amüsiert und hebe eine Augenbraue. »Also war das mit dem unbefriedigt doch nicht so weit hergeholt?«

Während ihr Gesicht puterrot wird, reißt sie die Augen weit auf. »Ich dachte, wir wären mit dem Thema durch? Ich habe nur ein eigenes

Zimmer, weil Jared oft erst spät heimkommt. Und …«

»Süße, du musst dich nicht rechtfertigen«, unterbreche ich sie und gehe in die Richtung, in die sie mich dirigiert hat.

»Sie haben doch bestimmt von dem Fall Jacobson gehört, der jetzt in aller Munde war. Was wäre Ihre Strategie gewesen?« Ich verdrehe die Augen, sobald ich das Esszimmer betrete. Solche Dinner sind einzige Vorstellungsgespräche. Diese ständigen Debatten sind so unglaublich ermüdend. Bevor Jared Moore antworten kann, erspäht meine Mutter mich und wird ganz blass.

»Hallo, Mutter. Mr. Moore«, begrüße ich die beiden und setze mich auf einen der freien, gedeckten Plätze.

Kurz darauf kommt auch Amy wieder zurück. Um ihren Hals trägt sie jetzt eine lange Kette, an der genau zwischen ihren Brüsten ein bronzefarbenes Medaillon hängt. Wieder greift sie an die Stelle und umfasst es, als sie sich neben mich setzt.

»Habe ich die Pulsaderszene verpasst?«, fragt sie flüsternd, was mich zum Lachen bringt. Ich verstecke es hinter einem Husten, damit ihr Mann nicht auf dumme Gedanken kommt und uns auseinandersetzt. Ich fühle mich beinahe wie in der Schule, wenn man nicht mit seinem Tischnachbarn reden und schon gar keinen Unsinn anstellen darf. Jared und Mutter wären die perfekten Lehrer. Es schaudert mich.

»Leider ja, aber keine Angst, ich werde im Laufe des Abends sicherlich nochmal etwas anstellen, das sie zur Weißglut treibt.« Ich zwinkere ihr zu, und sie lächelt. Dieses umwerfende Lächeln, das sie zu unterdrücken versucht – was es automatisch noch umwerfender macht.

Wie zu erwarten war, haben die Moores Personal, welches das Essen an den Tisch bringt. Ich reibe mir die Hände. »Ich hoffe, Sie haben heute etwas Fleischfreies bestellt«, stichele ich, aber niemand geht auf meinen Kommentar ein. Schade eigentlich. Normalerweise bin ich nicht so angriffslustig, aber alleine schon der Anblick von diesem Kerl, wie affektiert er dasitzt, macht mich aggressiv. Er sitzt natürlich am Kopfende des Tisches, sodass er auf uns alle herabsehen kann. Seine Hand hat er demonstrativ auf Amys Knie platziert, um ja deutlich zu machen, dass sie ihm gehört. Ihr scheint diese besitzergreifende Geste entweder nicht aufzufallen, oder es macht ihr nichts aus. Weder das eine, noch das andere gefällt mir. Kein Mensch sollte wie ein Eigentum behandelt werden. Dieser Gedanke war es, der mich mein Studium hat durchziehen lassen. Ich wollte den guten Menschen beistehen. Denjenigen, die sich nicht selbst helfen können. Auch, wenn meine Mutter der Meinung war, dass Geld Geld ist. Egal, von wem es kommt.

Vor uns werden edel verzierte Teller mit dreierlei Nudeln gestellt. Jared lässt den Blick abschätzig über mich wandern, doch auf seinen Zügen erscheint ein gewinnendes Lächeln. »Wurden Sie ausgeraubt, dass Sie keine sauberen Klamotten und … kein Wasser zum Duschen mehr haben?«

Ohne mit der Wimper zu zucken entfalte ich die Serviette, um sie mir auf den Schoß zu legen. »Ich war arbeiten und habe die Zeit aus den Augen verloren.«

»Sie waren arbeiten? So?«, fragt er mit diesem typischen überheblichen Ton, den ich immer dann höre, wenn jemand mich für nicht gut genug hält.

»Ich bin Surflehrer. Das ist die typische Arbeitskleidung. Für gewöhnlich noch ohne Shirt, aber ich wollte Ihre Frau nicht in Verlegenheit bringen.«

»Sean! Es reicht!« Und da haben wir die Pulsader wieder. Sie muss doch sehen, wie unverschämt dieser Kerl ist. Immer diese reichen Schnösel, die denken, sie könnten über jeden urteilen. Ich darf sie so nennen: Schnösel. Denn theoretisch bin ich einer von ihnen. Nur habe ich mich dagegen entschieden, das Geld meiner Familie als Freifahrtschein für jegliches Verhalten zu nehmen. Dafür brauche ich kein Geld. Nur meinen Stolz.

»Surflehrer?«, fragt Amy angetan. Ohne den Hauch von Spot. Ich glaube, ich habe mich in dieser Sekunde in sie verliebt. »Eine Bekannte und ich wollten schon immer surfen lernen.« Als ihr bewusst wird, was sie eben gesagt hat, zucken ihre Augen zu Jared, der sie nur ausdruckslos ansieht.

»Komm mit deiner Bekannten doch morgen mal vorbei. Ich habe von elf bis fünf offiziell geöffnet, aber für euch würde ich natürlich Überstunden schieben.« Ich zwinkere ihr zu, was sie dazu bringt, schleunigst den Blick abzuwenden.

Jared hebt belustigt eine Augenbraue. »Sechs Stunden? Muss ja ein sehr lukratives Geschäft sein, wenn Sie so wenig arbeiten müssen.«

Wie ich diesen Kerl hasse! Am liebsten würde ich ihm seinen teuren Porzellanteller ins Gesicht knallen. Aber ich kenne mehr als genügend Typen von der Sorte, um zu wissen, dass man in einem Streit immer den Kürzeren zieht. Wenn man es allerdings mit Humor nimmt, werden sie wild. »Wissen Sie, ich gönne mir sogar noch eine Stunde Mittagspause.« Amy verschluckt sich und beginnt zu husten. Sekunden später spuckt sie eine Nudel auf ihren Teller zurück. Obwohl sie immer noch hustet und ihr Gesicht eine ungesunde Farbe annimmt, zuckt ihr Blick panisch zu ihrem Mann hinüber. Dieser macht keine Anstalten, seiner Frau zu helfen. Er sieht sie lediglich mit mahlendem Kiefer an. Also greife ich mir die Wasserflasche, die genau vor ihm steht, fülle ihr Glas und reiche es ihr. Doch Amy bemerkt mich nicht einmal. Wie gefesselt bleiben ihre Augen auf Jared gerichtet.

»Trink!« Sanft berühre ich ihre Schulter, damit sie sich aus seinem unsichtbaren Griff befreit. Mit zittrigen Händen umschließt sie das Glas und lässt das Wasser ihre Kehle hinablaufen. Als sie nicht länger hustet, wenden meine Mutter und Jared sich wieder ihren Tellern zu. Ich jedoch beobachte sie mit gerunzelter Stirn.

»Du solltest dich hinlegen.« Jared füllt sein eigenes Glas und das meiner Mutter mit Wein.

»Mir geht es wieder besser«, beharrt Amy und versucht sich an einem Lächeln. Als ihr Mann sie jedoch streng ansieht, senkt sie den Blick, entschuldigt sich bei uns und verlässt das Zimmer.

Ich weiß nicht, wieso ich mich nicht einfach raushalte, doch dann begreife ich, dass es nicht zulassen kann, dass ein Mensch derart dominiert wird. Niemand sonst scheint Amy aus ihren Ketten zu befreien. Also muss ich das tun. »Mir fällt ein, dass ich noch etwas zu erledigen habe.« Ohne auf eine Antwort zu warten oder auf den vernichtenden Blick meiner Mutter zu achten, gehe ich Amy hinterher. Aus dem Augenwinkel sehe ich sie aus einer Tür hinaus in den Garten huschen. Sie bewegt sich so lautlos und anmutig wie ein Geist. Draußen lehnt sie sich an einen Baum und starrt gedankenverloren in den Himmel. Weil ich sie nicht erschrecken will, räuspere ich mich. Ehe sie sich umdreht, wischt sie sich mit der Hand über die Wange, doch als sie sich umdreht, sehe ich die Tränen dennoch. Sie versucht sie hinter einem Lächeln zu kaschieren. »Es tut mir leid.«

Ich schürze die Lippen, während ich langsam auf sie zu schlendere. »Du hast nichts falschgemacht. Dein Mann hat sich wie ein Vollidiot benommen.« Ihre Lippe zuckt, ehe sie den Blick wieder zu Boden senkt. Für eine so bezaubernde Frau macht sie das viel zu oft. Sie sollte hocherhobenen Hauptes durch die Straßen laufen und das Leben feiern, anstatt in ihrer Gruft ihr Schicksal zu bemitleiden. Vielleicht braucht sie nur jemanden, der ihr den Weg hinausweist. Ich sollte nicht dieser jemand sein, doch in meinem Innern will ich es viel zu sehr. »Nicht weinen«, flüstere ich und ziehe sie an mich. Obwohl ich diese Frau nicht kenne, habe ich das Gefühl, als müsse ich sie beschützen. Sie vergräbt das Gesicht in den Händen, bevor sie sich an meine Brust sinken lässt und alles hinauslässt.

Eine halbe Stunde lang standen wir beieinander und haben geschwiegen. Sobald sie nicht mehr geweint hat, hat sie sich von mir entfernt, als wäre ihr da erst aufgefallen, wie nah wir uns waren. Amy lächelt mich an und ich habe den Verdacht, dass es ihr etwas besser geht. Dann tritt sie ihre Schuhe von den Füßen, um das weiche Gras der Wiese an ihren Sohlen kribbeln zu spüren. »Entschuldige meinen Zusammenbruch. Das ist nicht besonders Ladylike.«

Lachend mache ich es ihr gleich und laufe barfuß durchs Gras, bis wir vor einem kleinen Teich haltmachen und uns hinsetzen. »Wer steht schon auf Ladylike?«

»Jared«, gibt sie traurig zu bedenken und sieht mich mit schiefgelegtem Kopf an.

»Der Kerl hat keine Ahnung.« Ich beuge mich vor, um meine Hand durchs kühle Wasser streifen zu lassen und spritze einige Tropfen in Amys Gesicht. Kichernd windet sie sich, kann sich jedoch nicht schützen, ohne aufzustehen. Und das scheint sie keineswegs vorzuhaben. Nach wenigen Sekunden ist sie völlig durchnässt und hat ein Strahlen im Gesicht, welches mich hypnotisiert. Ich habe nie verstanden, wie jemand wie ein Engel aussehen soll, doch jetzt ist es mir sonnenklar. Ihre Augen leuchten nun wie grüne Diamanten. Sie sind nicht so hell wie meine, sondern tiefer und sind ein perfekter Kontrast zu ihren kupfernen Haaren. In ihnen spiegelt sich die Sonne. Sie sieht wunderschön aus. »Ich freue mich schon auf morgen.«

»Auf morgen?« Verwirrt verzieht sie die Lippen, ehe sie ihr Gesicht mit den Händen trocknet.

Lachend lehne ich mich zurück und wende mein Gesicht der Sonne zu. »Ihr wollt doch surfen lernen.«

Sie hält inne. »Ja … genau. Ich und meine Freundin.«

Kapitel 3

Amy

Panik! Als ich heute Morgen aufgewacht bin, war sie genauso präsent wie gestern Abend vor dem Schlafengehen. Hibbelig laufe ich in meinem Zimmer auf und ab. Wieso? Weil es diese ominöse Freundin, die schon seit Ewigkeiten surfen lernen will, nicht gibt. Genau: Ich habe gelogen. Warum, wieso, weshalb ich das getan habe, weiß ich selbst nicht so genau ... Na gut, vielleicht doch. Die Wahrheit jedoch bereitet mir Bauchschmerzen. Ich will dahin. Ich will zu ihm. Und das ist eine ultimative Katastrophe! Ich habe nicht zu ihm zu wollen! Ich habe einen Ehemann. Er ist vielleicht nicht perfekt, und dennoch gibt es ihn. Und trotzdem habe ich erzählt, dass ich diese Freundin habe. Ich schnaufe. Als ob irgendeine meiner »Freundinnen« sich fürs Surfen interessieren würde. Am Strand laufen sie mit breiten Hüten über die gepflasterten Wege, damit sie sich nicht die Gesichter verbrennen und die Füße beschmutzen.

Wenn ich jetzt aber absage, wird Sean wissen, dass ich gelogen habe. Und wenn er weiß, dass ich gelogen habe, wird er auch schnell herausfinden, wieso. Und dann bin ich wieder bei meiner Anfangssituation.

Also gibt es nur eine Möglichkeit: Durch die Straßen laufen und eine neue Freundin finden – ich könnte sie vielleicht sogar dafür bezahlen. Oh mein Gott! Wie tief bin ich eigentlich gesunken? Aber so erbärmlich es auch klingt: Das ist meine einzige Möglichkeit!

Entschlossen schlüpfe ich in eine knappe Shorts, ein Oversize-Shirt und die bequemsten Sneakers, die ich in meinem Schuhschrank finden kann.

Schließlich habe ich keine Ahnung, wie lang meine Suche dauern wird. Schnell stopfe ich noch Sonnencreme, eine Flasche Wasser und meinen Geldbeutel – denn das mit dem Bezahlen war mein voller Ernst – in einen bunten Rucksack, den ich mir über die Schulter hänge.

»Okay! Amy, du wirst dich heute nicht blamieren, du wirst nicht in eine unangenehme Situation geraten, und du wirst den Tag unbeschädigt überleben!« Ich nicke mir selbst in dem großen Spiegel neben der Verandatür zu und hoffe, dass ich nur im Spiegel so skeptisch wirke. Mist! Wie oft kommt es vor, dass das Spiegelbild lügt? Ich seufze tief und öffne die Tür. Durch meinen Garten laufe ich nie. Hierdurch schreite ich. Es ist der einzige Ort auf diesem Grundstück, der nicht von der Kälte übermannt wurde. Hier fühle ich mich immer noch Zuhause. Bedächtig streiche ich mit den Fingern über die Sonnenblumen. Einige Bienen summen wütend umher, weil ich sie bei ihrer Arbeit gestört habe, aber schnell beruhigen sie sich und setzten sich wieder auf das gelbe Gold. Ihr Anblick tröstet mich, und bevor ich mich davon lösen kann, schieße ich mit meiner Kamera, die ich immer dabeihabe, einige Bilder von den Blumen und Bienchen. Später werde ich sie ausdrucken und in meinem Zimmer zu den übrigen Fotos hängen. Ich versuche mit allen Mitteln das Gefühl, das ich hier draußen habe, auch wieder mit ins Haus zu bringen.

Vergebens.

Als ich an seinem Baum vorbeikomme, bleibe ich kurz davor stehen und hebe den Blick gen Sonne. Sie brennt heiß auf mich herab. Sie ist wunderschön, sie ist schützend. Ich will glauben, dass er sie mir schickt. Und ich lächle. »Ich liebe dich«, flüstere ich und gehe weiter.

Seit Stunden fahre ich mit dem Fahrrad durch die Straßen Fort Lauderdales. Ich verfluche mich selbst dafür, dass ich die letzten Jahre so selten hier war. Ich habe völlig aus den Augen verloren, wo die Treffpunkte der Einheimischen sind. Ich stelle mein Fahrrad bei Gran Forno ab, den ich in einem anderen Leben gerne mit meinen Freundinnen besucht habe. Verschwitzt und frustriert laufe ich durch den Las Olas Boulevard, als aus einer Seitenstraße plötzlich ein lautes Brüllen ertönt. Ich erstarre augenblicklich. Diese Stimme kenne ich. Schnell wende ich mich in die Richtung des Schreies und laufe dorthin. Sehr schlau, Amy! Lauf in Richtung eines Streits! Was soll schon passieren? Du könntest abgestochen werden, aber hey, dafür müsstest du nicht länger lügen.

Jetzt zerschmettert auch noch irgendwas in tausend Stücke, und ich Närrin laufe weiter. Bis ich von Weitem eine schmale Gestalt erkenne, die Gläser nach einem sich duckenden Mann wirft. Ihre hellblonden Dreads wippen bei jedem Wurf. »Du bist ein beschissenes Arschloch! Denkst du, ich lasse das mit mir machen, hm? Mein Gott!«

»Hollie, Baby! Das war nur ein Ausrutscher! Ich tue es nie wieder!«

»Halt dein Maul!« Hollie ist stinksauer und wirft nun mit Tellern nach ihm. Diese nimmt sie aus einer Kiste, die sie unter dem Arm geklemmt hat. Sie scheint sich nicht verändert zu haben, weshalb ich vermute, dass sie die Kiste eigens zu diesem Zweck mitgenommen hat. Ich renne zu ihr, weil ich verhindern will, dass sie Schwierigkeiten bekommt. Mein Luxusproblem ist auf der Stelle vergessen, sobald ich erkenne, dass ihre Lippe blutet.

»Hey! Hey, Hollie, kennst du mich noch?«, frage ich und lege so viel

Ruhe in meine Stimme, wie es mir möglich ist. Mit gerunzelter Stirn dreht sie sich in meine Richtung. Sie sieht noch genauso aus wie früher. Nur, dass sie heute große Tunnel in den Ohren und ein Septum-Piercing in der Nase hat. Aber ihre braunen Augen sind immer noch so warm wie damals. Mir bricht es beinahe das Herz, sie so zu sehen. Und das obwohl Hollie so viele Jahre schon kein Teil meines Lebens mehr ist. Der Teller, den sie eben noch in der Hand gehalten hat, fällt zu Boden, und ihr Gesicht entspannt sich.

»Amy …« Sie ignoriert den Kerl, der sich wieder aufrichtet und ihren Namen ruft. Sie läuft auf mich zu und zieht mich in eine stürmische Umarmung. Dann drückt sie mich an den Schultern von sich weg und mustert mich noch einmal genau. »Amy. Wie geht es dir?« Ihre Stimme ist so sanft und mitleidig, dass ich sofort wieder daran denke, unter welchen Umständen wir uns das letzte Mal gesehen haben. Es schmerzt, sie zu sehen, und gleichzeitig fühle ich mich, als hätte ich etwas wiedergefunden, das ich seit Jahren vermisst habe. Wie konnte ich nur vergessen, wie sehr ich sie damals gemocht habe? Augenblicklich denke ich an Daisy, die bei jeder Gelegenheit über sie herzieht, und habe ein schlechtes Gewissen, weil ich es nie verhindert habe.

»Gut«, antworte ich lächelnd, weil ich nicht weiß, wie ich die letzten Jahre in einem Satz zusammenfassen soll.

Hollie hebt traurig einen Mundwinkel. »Ich glaube dir zwar nicht, aber komm. Ich muss weg von hier.« Ohne den Typen weiter zu beachten, verlassen wir die Gasse und laufen die Hauptstraße entlang.

»Möchtest du ein Eis essen?« Ich nicke, und wir laufen zu Kilwins Ice Cream. Im Innern erwartet uns direkt der Duft meiner Kindheit. Süß und fruchtig. Im Eingang neben der Kasse bleibe ich stehen und suche mir in der Vitrine mit dem Gebäck das perfekte Stück heraus. Leider ist die Auswahl viel zu groß, und ich überlege mehrere Minuten, um mich am Ende doch für einen stinklangweiligen Schokodonut zu entscheiden. Wie passend. Hollie wählt einen Eisbecher mit verschiedenen Schokoeissorten. Wir setzen uns in die Ecke und genießen die kühle Luft der Klimaanlage. Schweigend essen wir unsere Desserts, und ich suche verzweifelt nach einem Thema. »Und ... ja. Wie geht´s dir so?«

Ich hasse Smalltalk. Aber die Stille wird immer unangenehmer. Sie sieht auf und hebt eine Augenbraue. »Das ist komisch, oder?«

Ich lache. »Ja. Ziemlich.«

»Mir geht es endlich wieder gut. Der Kerl ist ein ziemliches Arschloch, aber ich hatte keine andere Bleibe. Heute hat er mich aber geschlagen, da bin ich ausgerastet. Aber oh mein Gott! Ich fühle mich endlich wieder frei. Obwohl ich jetzt wohl genaugenommen obdachlos bin.«

Hollie weiß, wie groß mein Haus ist. Sie weiß, dass ich etliche Zimmer habe, die ungenutzt sind. Aber ich kann ihr nicht anbieten, bei mir zu bleiben. Ich senke beschämt den Blick. »Ich würde ja ...«

»Hey! Schon okay. Amy, ich hab das nicht gesagt, damit du mich bei dir aufnimmst. Ich finde schon was, ja?« Breit grinsend stopft sie sich einen weiteren Löffel Eis in den Mund. »Seit wann bist du wieder ohne Wachhund unterwegs?«

Ich beiße auf meiner Unterlippe und bin mir auf einmal gar nicht mehr so sicher, ob mir das besser gefällt als der Smalltalk. »Jared macht sich nur Sorgen, wenn ich alleine unterwegs bin.«

Sie verdreht die Augen. »Und deshalb hat man dich nicht einmal mehr am Strand angetroffen? Du warst wie vom Erdboden verschwunden. Niemand hat etwas von dir gehört, seit ...«

»Ich weiß. Ich habe Zeit gebraucht, und dann war Jared so …« Ich seufze und streiche mir durch die Haare. »So besitzergreifend.« Endlich habe ich ausgesprochen, was ich mir und allen anderen gegenüber nie eingestehen wollte.

»Und was treibt dich in diese gefährliche Gegend?«, fragt sie augenzwinkernd und lehnt sich vor, als dürfe niemand hören, was wir besprechen.

»Ich. Naja. Also. Ich suche jemanden«, stottere ich, weil mir mein Vorhaben mit einem Mal zu kindisch vorkommt.

Interessiert hebt sie ihre Augenbrauen und legt den Löffel in die Schüssel. »Ahaaaa. Wen denn?«

»Dich?«, frage ich gewagt.

Hollie lehnt sich auf ihrem Stuhl zurück, verschränkt die Arme unter der Brust und fixiert mich mit zusammengekniffenen Augen »Okay, jetzt bin ich neugierig.«

»Ich suche jemanden. Also ich meine …«, versuche ich sie stotternd zu fragen, ob sie mir aus der Patsche helfen würde.

»Raus mit der Sprache!«, lacht sie.

Ich atme tief durch und schüttele über mich selbst den Kopf. »Also. Ich habe jemandem gesagt, dass ich eine Freundin habe, die schon immer surfen lernen wollte. Allerdings habe ich keine Freundin, die schon immer surfen lernen wollte.«

Sie grinst. »Lass mich raten: Der, dem du das gesagt hast, ist absolut scharf, und du willst dich nicht blamieren? Und jetzt brauchst du diese gewisse Freundin.«

»Also … Ja. Aber es liegt nicht daran, dass er scharf ist …«, versuche ich mich zu verteidigen.

»Aber er ist scharf?« Es benötigt keine Antwort. Ich bin mir sicher, dass mein Gesicht mich verrät, das sofort Feuer fängt. Ihr Grinsen wird breiter. »Ich muss den Mann, der Amy Moore zum Erröten bringt, unbedingt kennenlernen. Dein Mann weiß vermutlich nicht, dass du gerade krampfhaft nach jemandem suchst, damit du dich vor …«

»Sean.«

»Vor Sean nicht blamierst?« Ich schüttele den Kopf.

»Dieser Tag kann ja doch noch richtig super werden.«

Mit dem Fahrrad brauchen wir etwa sechs Minuten zum Strand. Hollie steht hinter mir und hält sich an meinen Schultern fest, während ich so schnell strampele wie ich kann. Ich will auf gar keinen Fall zu spät kommen.

»Wieso trittst du denn in die Pedale wie eine Irre? Hast du nicht gesagt, dass Sean für uns länger auflassen würde? Kann es sein, dass du besonders schnell bei unserem Schnuckelchen sein willst?«

»Was? Nein! So ein Quatsch!« Ich schnaube und schüttele energisch den Kopf. Ein bisschen zu energisch vielleicht. Hollie stößt einen Jubelruf aus und streckt die Arme zu den Seiten aus.

»Halt dich lieber wieder fest, sonst fällst du noch!«, rufe ich lachend nach hinten.

»Schmeiß du lieber deine Übervorsicht über Bord, sonst bekommst du noch einen Herzinfarkt!«, kontert sie, platziert ihre Hände aber brav wieder an meinen Schultern. Der Wind, der mein Gesicht umweht, riecht nach Meer und Freiheit. Der Tag, der so stressig begonnen hat, ist zu einem der schönsten der letzten Jahre geworden. Einfach nur, weil ich hier mit Hollie über die Straßen von Fort Lauderdale flitze und die Freiheit einatmen kann.

Mein Herz hämmert, als ich das Fahrrad an eine kleine Holzhütte lehne, vor der ein großes Holzschild hängt. Auf ihm steht »LIFE IS BETTER WHEN YOU SURF«. Es bewegt sich leicht und quietschend im Wind. Dann sind wir hier wohl richtig. Ich wische mir die schwitzenden Hände an meiner Shorts ab und atme einmal tief durch. Als ich zu Hollie blicke, beobachtet sie mich grinsend. »Was?« Ich reiße die Augen auf, aber Hollie hebt nur abwehrend die Hände. Sie nickt zur Tür und wartet darauf, dass ich anklopfe.

Aber nichts tut sich. Verdammt, hat er doch nicht länger aufgelassen? Ich habe schließlich nicht fest zugesagt, dass ich komme. Oder er hat es vergessen?

Hollie drängt sich an mir vorbei und drückt die Türklinke hinab. Offen. »Also können wir davon ausgehen, dass er hier irgendwo ist.« Sie dreht ihren Kopf, sodass ihre Dreads, die sie zu einem unordentlichen Zopf gebunden hat, mir beinahe ins Gesicht fliegen. Vorsichtig laufe ich die knarrende Holzterrasse entlang, um die Hütte herum.

»Hallo?«, rufe ich schüchtern. Vielleicht ist es gar nicht so schlecht, wenn er nicht hier ist. Ich will mich wieder umdrehen, um Hollie zu erklären, dass er leider, leider nicht hier ist, als ich in eine Männerbrust hineinlaufe. In eine nackte Männerbrust. In seine nackte Männerbrust. Und … meine Wange liegt immer noch dagegen gepresst. Mist! »Hi«, quietsche ich und sehe hoch in sein Gesicht, das sich bei meinem Anblick zu einem frechen Grinsen verzieht.

»Ich habe ihn gefunden«, kichert Hollie hinter ihm. Endlich gelingt es mir, wieder klar zu denken, und ich löse meine Wange von seiner Brust, die so hart ist, obwohl die Haut gleichzeitig so weich ist.

Erde an Amy! Du bist verheiratet! Du hast nicht an diese unglaublich warme Haut zu denken. An diesen heißen Körper! Jetzt reicht´s aber!!

»Ich dachte schon, ihr kommt nicht mehr.« War seine Stimme gestern schon so melodisch? Als höre man einem Klavierkonzert zu. Man will einfach nicht, dass es endet, auch wenn man schon Stunden auf einem unbequemen Stuhl hockt und ihm zuhört.

»Was?«, murmle ich, weil ich die Frage vergessen habe.

»Ich freue mich, dass du gekommen bist. Ich war mir nicht sicher, ob surfen dir so wichtig ist«, sagt er so leise, dass man denken könnte, er spräche nicht über das Surfen.

»Ich auch. Doch schon«, antworte ich ebenso leise und weiß nicht, ob ich denn über das Surfen rede. Aber worüber sollte ich sonst reden? Ich kenne den Kerl seit knapp einer Woche! Aber mein blöder Bauch mag seine Nähe und beginnt eine ausgelassene Party zu schmeißen. Alle sind eingeladen, sogar mein Herz, das oben wie wild herumhüpft.

»Hey! Ich bin Trevor und soll heute jemandem das Surfen beibringen!« Hinter Hollie taucht ein durchtrainierter Kerl auf. Seine etwas längeren, blonden Haare sind von dem Salzwasser völlig zerzaust, sodass er sie sich aus der Stirn streichen muss. Das Wasser tropft ihm von den Haaren auf den Körper, und ich sehe, wie Hollie ihn genau mustert. »Das muss dann wohl ich sein.« Gemeinsam verschwinden sie in der Hütte, um kurze Zeit später mit einem Surfbrett wieder hinauszukommen und sich einige Fuß von uns entfernt in den Sand gleiten zu lassen. Ich beobachte sie, weil ich nicht weiß, was ich sonst mit mir anstellen soll. Seans Nähe macht mich verdammt nervös!

»Du willst nicht surfen?«

Verblüfft lache ich auf. »Ich? Oh mein Gott! Hast du vergessen, was ich dir über mich erzählt habe?«

Er hebt eine Augenbraue. »Dass du so stinklangweilig bist?« Ich nicke. »Und ich habe dir gesagt, dass ich das nicht glaube. Aber meintest du nicht, dass du es auch lernen willst?« Mist!

»Ich?«, frage ich und tippe mit dem Finger gegen meinen Mund. »Nein, da musst du dich verhört haben.«

Sean stößt ein kleines Lachen aus, was mir beweist, dass er mir kein Wort glaubt. »So muss es gewesen sin.« Er nimmt meine Hand und dirigiert mich in Richtung Wasser. »Surfen ist also nicht dein Ding?«, hakt er noch einmal nach. Nachdenklich sieht er auf das weite Blau hinaus, während ich nur an seine Hand denken kann, die meine hält. Bin ich ein verdammter Teenie, oder wieso lässt diese Geste mein Herz Flamenco tanzen?

»Nein. Surfen ist mir zu abenteuerlustig.«

»Dann etwas Seichteres vielleicht? Eine Quadtour? Speedbootfahrt?« Er sieht mir ernst ins Gesicht, als würde er die Antwort da finden. Er klatscht auf einmal grinsend in die Hände. »Schnorcheln!«

»Schnorcheln?«, frage ich ungläubig. Ich komme kaum aus dem Haus, um die normale Welt zu sehen, und dann soll ich direkt die Wasserwelt erkunden?

»Klar! Warum nicht? Ich habe ´nen Kumpel den Strand entlang, der bietet sowas an. War selbst noch nie mit, aber soll hammergeil sein. Komm doch morgen nochmal vorbei, dann gehen wir zusammen hin?« Er sieht mich so euphorisch an, dass ich ihm einfach keinen Korb geben kann. Sein Grinsen ist ansteckend, und ich spüre, wie meine Mundwinkel sich automatisch heben.

»Warum eigentlich nicht! Morgen früh aber, ich habe mittags noch etwas

47

vor.«

»Zehn Uhr? Trev übernimmt in der Zeit für mich.«

»Okay«, sage ich, und in meinem Kopf drehen bereits die Zahnräder und überlegen sich eine Lüge, die ich Jared auftischen kann.

»Gut, dann haben wir ein Date!«, flüstert er verführerisch und wackelt mit den Augenbrauen.

Wir gehen eine Weile durch das Wasser, dessen Wellen heute ein wenig höher sind als das letzte Mal. Ich genieße die Stille plötzlich. Es ist verwunderlich, dass sie manchmal erdrückend sein kann und mit einem Mal plötzlich sogar tröstlich.

»Habe ich dir eigentlich schon gesagt, dass du heute verdammt gut aussiehst?«

Schockiert gebe ich ihm einen kleinen Klaps auf die Schulter. »Flirtest du mit mir? Ich bin verheiratet, Sean!«, sage ich lachend.

»Und trotzdem bist du eine wunderschöne Frau und hast es verdient, das jeden Tag zu hören.«

Verlegen wende ich das Gesicht dem langsam beginnenden Sonnenuntergang zu. »Wir werden uns aber nicht jeden Tag sehen«, sage ich leise.

»Dann gib mir deine Nummer, dann schreibe ich es dir. Wenn dein Mann zu blöd ist, es dir wissen zu lassen, muss jemand anderes diese Pflicht übernehmen.«

»Bereit?«, frage ich grinsend und sein Gesichtsausdruck wird panisch.

»Ich hab doch nichts zum Schreiben da!«

»Ich werde sie dir ein einziges Mal sagen!«, lache ich und sehe, wie er angestrengt nach einer Möglichkeit sucht, sich die Nummer zu notieren. Es wäre besser, wenn er keine findet. Er darf mir nicht schreiben.

Ich beginne die Nummer zu diktieren, obwohl er mich nur frustriert mustert. »Du bist der Teufel!«, seufzt er wehleidig.

»Höchstpersönlich!«

Zwei Stunden später sitzen wir zu viert im Sand vor Seans Hütte und genießen die letzten Sonnenstrahlen, die über Fort Lauderdale hinwegscheinen. Der orangene Feuerball nähert sich immer weiter dem Horizont und wird in wenigen Minuten im Meer versinken. Das ist meine liebste Zeit am Tag. Wenn die Vögel im dämmrigen Licht vorbeifliegen, einige letzte Surfer oder Segler den Feierabend auskosten und nur noch ihre dunklen Silhouetten zu sehen sind, oder verliebte Pärchen Hand in Hand spazieren gehen. Früher sind Jared und ich ebenfalls oft hier lang geschlendert. Ein Stich durchzuckt mein Herz bei dem Gedanken daran. Es fühlt sich an, als wären diese Zeiten schon ein Leben lang vorbei. »Willst du noch ein Glas?« Sean bewegt die Weinflasche hin und her, sodass der Rest glucksend umherschwappt.

»Ich habe mehr als genug. Ich trinke eigentlich nicht.« Zum Glück ist Jared nicht Zuhause, er würde es sofort bemerken.

»Ich schon.« Achselzuckend füllt er sein Glas nach. Hollie und Trevor sind so sehr in ihrer Debatte über irgendeine Serie gefangen, dass sie nur ihre Gläser hinhalten, ohne uns anzusehen. »Ohne Alkohol hätte ich meine Mutter womöglich längst erwürgt.«

Schmunzelnd denke ich an Miranda und kann das verdammt gut nachvollziehen. »Ich kann nicht verstehen, wieso du sie auf all ihre Treffen begleitest. Sie ist ...«

»... schrecklich?« Er lacht und es klingt so offen, dass ich mit einsteigen muss. Ich glaube, ich habe noch nie jemanden so ehrlich lachen hören. »Sie die einzige, die mir noch von meiner Familie bleibt und ich liebe sie.«

Langsam nicke ich, obwohl ich es immer noch nicht nachvollziehen kann. Er ist ein erwachsener Mann und kein kleines Kind, welches man bevormunden muss. »Obwohl sie dich dazu genötigt hat, etwas zu studieren, was du nicht wolltest?«

Sean stützt sich auf seinem rechten Arm ab, sodass er mir näherkommt und lächelt schief. »Du bist mit einem Mann verheiratet, der dich zu einem Leben nötigt, das du nicht wollen kannst.«

Wie vor den Kopf gestoßen schnappe ich nach Luft. »Wir kennen uns überhaupt nicht, wie kommst du dazu, sowas zu sagen?«

Sean macht keine Anstalten, sich zu entschuldigen. Er bleibt unbeweglich in seiner Position, sodass ich zu ihm hinuntersehen muss, und fixiert mich mit seinen Blicken. »Amy, ich habe Augen im Kopf. Wenn du lieber Menschen um dich hast, die dir etwas vorlügen, dann bist du bei mir falsch.« Er hält inne. »Wenn du aber gerne die Wahrheit hören willst, dann bin ich dein Mann. Ich werde dich nie anlügen. Ob dir das gefällt, oder nicht.«

Ich schlucke. Und denke über seine Worte nach. Es ist tatsächlich so, dass ich keinen einzigen Freund habe, der so ehrlich mit mir reden würde. Vielleicht ist die Wahrheit nicht immer das, was man hören will, doch im Endeffekt ist sie alles, was zählt. »Ich habe es satt, dass mir etwas vorgemacht wird.«

Sean lächelt, nippt an seinem Wein und wendet sich dem Sonnenuntergang zu.

Wir reden nicht mehr über Miranda oder Jared. Für heute reicht es mir mit der Wahrheit. Den restlichen Abend will ich einfach nur genießen. Und das tue ich in vollen Zügen. Erst, als auch die letzten Segler, Vögel und Pärchen verschwunden sind, und nur noch unser Lachen und die Gespräche, die wir führen den Strand überfluten, reiße ich mich zusammen. Es wird Zeit, wieder in die Realität zurückzukommen. »Ich glaube, es wird Zeit, dass ich zurückgehe.« Meine Worte klingen unglücklich, also versuche ich sie mit einem Lächeln zu kaschieren.

»Also morgen?«, fragt Sean mit einem hoffenden Ausdruck im Gesicht. Seine Augenbrauen heben sich, seine Lippen zucken, weil ich mir mit meiner Antwort Zeit lasse.

»Morgen«, antworte ich schlussendlich schmunzelnd und stehe auf, um ihn zu umarmen. Auch Trevor und Hollie erheben sich aus dem Sand. Ich habe Hollie angeboten zumindest ein paar Tage bei uns zu bleiben, habe aber direkt dazugesagt, dass sie sich schnell etwas Eigenes suchen soll.

»Gehst du schon?«, fragt Trevor sie.

»Ich bin sozusagen obdachlos und penne bei Amy«, sagt sie, und ich höre das Bedauern in ihrer Stimme. Sie wäre gerne noch geblieben, genauso wie ich, aber es wird Zeit.

»Ich habe noch ein Zimmer frei! Wenn du ein bisschen putzt und aufräumst, kannst du es umsonst haben!«, schlägt er breit grinsend vor. Er hat die weißesten Zähne, die ich jemals gesehen habe.

Hollie sieht mich fragend an, woraufhin ich ihr zunicke. Ich hätte mich zwar gefreut, sie in meiner Nähe zu haben, aber so ist es womöglich besser. So muss ich Jared nichts erklären.

So hat er keinen Grund, einen seiner Wutanfälle zu bekommen.

Kapitel 4

Amy

Unbekannte Nummer:
Ich weiß zwar nicht, was du anhast, aber du siehst bestimmt wunderschön aus!

Meine Augenlider, die eben noch tonnenschwer waren, reißen mit einem Mal auf. Ich setze mich auf, lese die Nachricht abermals, bis ich realisiere, dass sie wirklich von ihm ist. Schnell speichere ich seine Nummer und tippe eine Antwort.

Amy:
Woher hast du meine Nummer?

Sean:
Du hast sie mir gesagt, schon vergessen?
Ich bin ein guter Zuhörer ;-)

Amy:
Du spinnst doch :-D
Wir sehen uns doch gleich, dann hättest du mir das auch sagen können.

Sean:
Aber dann hast du etwas Anderes an, und ich darf es dir noch ein weiteres Mal sagen.

Hast du jetzt überhaupt etwas an? ;-)

Amy:
So eine Art Nachrichten schreiben wir uns nicht, Sean.

Sean:
Das ist aber verdammt schade.
Ich freue mich auf gleich!

Ich antworte nicht, obwohl ich mich wirklich dazu zwingen muss, das Handy wieder in meine Tasche zu stopfen. Obwohl ich diesen Mann gestern erst zum dritten Mal in meinem Leben gesehen habe, fühlt es sich anders an. Vertraut und irgendwie tröstlich. Bei ihm schaffen es Erinnerungen an die Oberfläche, die ich völlig vergessen habe. Erinnerungen an die alte Amy. Ich springe auf, reiße die Tür zu meinem Balkon auf, um nach dem Wetter zu schauen, und stelle erleichtert fest, dass es einer der schönsten Tage der letzten Wochen ist. Freudig drehe ich mich im Kreis, stürme in mein Ankleidezimmer und schnappe mir mein liebstes Sommerkleid. Es ist etwas knapp – wahrscheinlich zu knapp – aber es ist eines der Kleider, die ich nie anziehen soll, wenn ich mit Jared unterwegs bin. Was ich ja heute nicht bin. Heute bin ich mit einem Mann unterwegs, der das zu schätzen weiß. Hektisch flechte ich mir einen seitlichen Zopf und stürme aus dem Zimmer. Beinahe fühle ich mich wieder, als wäre ich 15 und die Sommerferien hätten soeben begonnen. Die ersten Tage mit der Clique im Schwimmbad chillen. Die ersten Lagerfeuerabende. Die ersten Partys am Strand. Damals konnte mich nichts aufhalten. Sobald die Sonne aufging, war ich auf den Beinen und unterwegs zu den Abenteuern des Sommers. Und jetzt bin ich auf dem Weg zu dem ersten Abenteuer seit vielen Jahren. Ich habe das Gefühl, als müsse ich mich aus dem Haus schleichen, obwohl ich völlig alleine bin. Jared ist gestern Abend spät noch losgefahren. Für zwei Tage auf eine Geschäftsreise – und ich habe mich noch nie so sehr darüber gefreut wie jetzt. Ich bin eine erbärmliche Ehefrau, aber das juckt mich in diesem Moment nicht im Geringsten. Während ich die zahlreichen Treppen hinunterhüpfe und zur Verandatür stürme, schreibe ich Sean dann doch noch eine Nachricht.

Amy:
Bin unterwegs! Wo soll ich hinkommen?

»Ich zeige dir den Weg.« Beinahe wäre ich in ihn hineingerannt. Wieder einmal.

»Du bist einfach auf unser Grundstück gekommen. Ich kann dich verjagen, wenn ich will«, drohe ich ihm spielerisch und tippe mit dem Finger gegen seine Brust.

»Willst du aber nicht«, erkennt er augenzwinkernd und deutet mir an, ihm zu folgen.

»Nein«, gestehe ich kleinlaut und schließe zu ihm auf. Wir laufen den Privatweg entlang in Richtung Strand.

»Außerdem wüsste ich ja sonst nicht, wo dein Zimmer ist. Freiwillig hättest du es mir ja wohl kaum gezeigt, oder?«

»Du hast mich beobachtet? Das nennt man auch spannen, mein Lieber. Und wieso willst du das überhaupt wissen?«, frage ich skeptisch und ernte nur ein weiteres Augenzwinkern. Dieser Kerl bedeutet Ärger.

Ich sollte mich dringend von ihm fernhalten. Stattdessen trete ich unauffällig einen Schritt näher an ihn heran.

»Ich habe heute leider keinen Termin mehr frei.«

Sean versucht Benny, den Kerl, der uns zum Schnorcheln rausfahren sollte, zu überreden, uns doch noch mitzunehmen, aber dieser lässt sich nicht umstimmen.

»Sorry Sean! Du weißt, dass ich das normalerweise gerne gemacht hätte, aber es geht einfach nicht.«

Benny ist ein braungebrannter Muskelprotz mit kahlgeschorenem Kopf und blauen Augen. Aber egal wie gut er auch aussieht, allein seine piepsige Stimme würde jede aufkommende Lust auf ihn im Keim ersticken. Ganz anders ist das bei Sean, der in seinen neonorangenen Badeshorts einfach nur zum Anbeißen aussieht.

Aus! Sch! Weg mit diesen Gedanken!

»In zwei Wochen hätte ich noch einen Termin frei.« Sean sieht mich entschuldigend an. Ich hingegen lächle und nicke Benny zu. »Den nehmen wir!« Dann wende ich mich an Sean. »Heute können wir ja Quadfahren, oder uns von einer Brücke stürzen oder was du sonst noch so tust, um dem Leben zu entfliehen.«

»Du bist doch Amy Moore, oder? Ich habe ein wenig Angst, dass du ein Alien bist, der nur ihre Gestalt angenommen hat.« Ich verdrehe grinsend die Augen. Ich verstehe selbst nicht, wie ich sowas Bescheuertes wie Quadfahren vorschlagen konnte, aber Seans deprimierten Ausdruck im Gesicht konnte ich einfach nicht ertragen. Eigentlich sollte es mir egal sein

… Sollte.

»Wir müssen das nicht tun. Ich weiß, dass du nicht so wild darauf bist.«

»Hast du etwa Angst, dass ich dich alt aussehen lasse?« Herausfordernd wackele ich mit den Augenbrauen. Seine Mundwinkel zucken, in seinen Augen schimmert der Schalk. »Baby, du hast keine Ahnung, wen du dir gerade zum Gegner gemacht hast! Ich bin der Quadmeister.« Wir verabschieden uns von Benny und machen uns auf den Weg zum Quadverleih. Wenn ich das mal nicht bereuen werde …

Zu Fuß brauchen wir etwa zehn Minuten, in denen Sean mir von den besten Touren vorschwärmt. Ich widerhole immer wieder, dass ich schon zufrieden bin, wenn ich nur geradeaus fahren muss, aber das ignoriert er völlig. Wie zu erwarten kennt Sean den Kerl, der uns die Quads zur Verfügung stellt, persönlich. Er wechselt ein paar Wörter mit ihm und sieht immer wieder über die Schulter zu mir herüber. Ich wüsste zu gerne, was die beiden bereden und was so lustig ist, dass sie andauernd lachen. Doch, als sie wiederkommen, reicht Sean mir Schoner und Helm, während der Kerl neben ihm mir einen Schlüssel in die Hand drückt. »Viel Spaß«, sagt er augenzwinkernd und verschwindet wieder in seiner kleinen Holzhütte.

»Willst du das? Willst du leben?« Wir stehen vor riesigen Quads. Ich überlege einen Moment, obwohl das doch eigentlich selbstverständlich sein sollte, aber ich habe schreckliche Angst. Schließlich nicke ich doch und steige auf mein Fahrzeug und fahre los. Erst erschrecke ich bei jedem Stein, über den ich rolle und schreie los, sobald der Motor etwas zu laut aufheult, doch schnell habe ich den Dreh raus und folge Sean durch den Wald, den er ausgesucht hat. Immer wieder sieht er zu mir zurück und wartet darauf, dass ich ihm das Zeichen gebe, schneller zu fahren. Niemals hätte ich von mir gedacht, dass ich es kaum erwarten kann, das zu tun.

Schneller, wilder, freier. Ich schreie, lache und freue mich über jedes Schlammloch, welches meinen Weg kreuzt. Ich lebe und das vielleicht zum ersten Mal seit Jahren.

Erschöpft liege ich neben Sean auf einer Wiese und frage mich, was da gerade passiert ist. Wir sind über und über mit Schlamm bedeckt, aber ich kann das Grinsen einfach nicht mehr von meinem Gesicht wischen. Ich habe Sean nicht alt aussehen lassen, aber ich habe mich für das erste Mal wirklich nicht schlecht geschlagen. Ich drehe den Kopf und muss wieder lachen, als ich Seans braunes Gesicht sehe.

»Das war einfach nur geil!«, juble ich und strecke die Arme gen Himmel. Sean lacht, ehe er meinen Kopf an seine Schulter zieht. »Es war Wahnsinn! Du warst Wahnsinn! Ich wusste, dass du kein langweiliger Mensch bist. Ich werde dir beweisen, wie außergewöhnlich du bist.«

Und das tut er.

Wieder und wieder.

Tag für Tag.

Seit unserer Quadtour lodert dieses Bedürfnis in mir, etwas zu erleben. Nein, alles zu erleben. Jared war bisher nicht misstrauisch, weshalb ich nur noch euphorischer bin. Nächste Woche erst ist der Termin mit Benny, und bisher habe ich mich jeden Tag aus dem Haus geschlichen, um etwas mit Sean zu erleben. Manchmal waren es nur Kleinigkeiten wie Besuche im Nationalpark, aber manchmal hat er mir gezeigt, wie wenig ich doch kenne. Wie schön es hier sein kann und wie viel Spaß man haben kann.

Wir sitzen auf der Terrasse einer kleinen Eisdiele, an der ich schon unzählige Male vorbeigelaufen bin, sie aber nie registriert habe. Dabei ist sie total süß und heimisch. Sean sitzt mir gegenüber, die dunkle Pilotenbrille auf der Nase, und gibt seine Bestellung auf. »Matcha und Melone bitte.«

Der Kellner mit der lustigen Fliege in knalligen Farben nickt, ehe er sich mir mit Stift und Block zuwendet. »Welche Sorte möchten Sie, Madam?«

»Schokolade, bitte«, antworte ich lächelnd, ehe ich ihm die Speisekarte reiche, in die ich nicht einmal einen Blick geworfen habe.

Sobald er sich hinter die Theke begibt, um unsere Bestellung vorzubereiten, spüre ich Seans Blick auf mir. Am liebsten würde ich ihm diese Sonnenbrille hinunterreißen, weil ich zu gerne sehen würde, ob seine Augen amüsiert funkeln oder doch eher musternd über mich gleiten. So oder so macht mich sein Blick nervös und ich schaue schnell weg. »Schokolade? Ernsthaft? Das ist bisher die einzige langweilige Eigenschaft, die ich an dir feststellen konnte.«

Grinsend trete ich unter dem Tisch nach seinem Bein. »Wenn du mir nicht glaubst, kann ich dir gerne noch mehr erzählen.«

Er lehnt sich vor, sodass sich seine Ellenbogen auf den Tisch stemmen und stützt das Kinn auf die Hände. »Bitte, das würde mich brennend interessieren.«

In Gedanken gehe ich alles durch, was zutreffen könnte. Räuspernd beginne ich: »Ich habe fünf Mal dasselbe Paar Schuhe, weil ich sie liebe und Angst habe, dass sie irgendwann nicht mehr hergestellt werden.«

Sean setzt sie Brille lachend auf seinen Kopf und sieht mich mit funkelnden Augen an. »Das ist nicht langweilig, das ist verrückt.«

»Ich trinke meinen Kaffee schwarz.« Er zuckt mit den Schultern.

Während der Kellner unsere Eisschalen vor uns platziert überlege ich, ob ich meinen Gedanken nachgeben soll, und sobald er wieder verschwunden ist, beuge ich mich ebenfalls vor und flüstere: »Und ich trage auch nur schwarze Unterwäsche.«

Seans Mund öffnet sich kaum merklich. »Du kennst schon die Bedeutung von langweilig, oder?«

Gerade will ich antworten, doch da werde ich von jemandem unterbrochen. Ein stämmiger Mann erhebt sich von einem der Stühle neben mir und beginnt zu singen. Tief und verdammt laut, sodass ihn alle Anwesenden anstarren. »Was ist hier los?«

»Eine Überraschung«, erwidert Sean grinsend und deutet nach rechts, wo sich nun eine Frau erhebt und in den Operngesang des Mannes einsteigt. Immer mehr Leute kommen hinzu, bis am Ende etwa 15 Sänger abwechseln oder gemeinsam singen. Zwischen ihnen tauchen Musiker auf, die ihren Streichinstrumenten die schönsten Töne entlocken. Eine Gänsehaut überzieht meinen Körper und mein Herz ist federleicht. Ich verstehe kein Wort, von dem was sie singen, aber mein Herz reagiert wie von selbst darauf und bewegt sich im Rhythmus. Ich stehe auf, um besser erfassen zu können, was um mich herum passiert. Um die Musiker herum bleiben immer mehr Menschen stehen, um ihnen wie gebannt zuzuhören. Dunkle Stimmen und Töne, die bis zum Himmel reichen wechseln sich ab und verwandeln die Einkaufsstraße in einen Opernsaal. Ich spüre das Lächeln, das sich wie von selbst auf meine Lippen geschlichen hat und werfe Sean begeisterte Blicke zu. Er sieht nur mich an, lächelt aber ebenso breit.

Das ganze Spektakel dauert nur etwa zehn Minuten. Sobald der letzte Ton verklungen ist, packen die Musiker zusammen und innerhalb weniger

Sekunden sind alle Teilnehmer von der Bildfläche verschwunden. Was bleibt ist das Hochgefühl in meiner Brust. Ich habe das Gefühl, als wäre ich betrunken vom Glück, weshalb ich meinen Wunsch, Sean um den Hals zu fallen, nicht zurückhalten kann. »Das war der Wahnsinn! Ich war noch nie bei einem Flashmob dabei! Du bist mein Held.« Kichernd lasse ich mich wieder auf meinen Stuhl fallen, kann aber nicht verhindern, dass ich mich immer wieder umsehe, ob die Show nicht doch noch weitergeht.

»Ich bin nur hier, um etwas Farbe in dein Leben zu bringen.« Mit diesen Worten schöpft Sean einen Löffel von seinem eigenen Eis in meinen Becher und rührt die mittlerweile etwas flüssigere Masse um, sodass es ein buntes Muster ergibt.

Benny erwartet uns schon und winkt von Weitem, als wir näherkommen. Die letzten beiden Wochen waren die schönsten seit Ewigkeiten und ich spüre, dass dieser Ausflug der Höhepunkt dieser kleinen Reise sein wird. Jedoch weiß ich auch, dass alles Gute irgendwann ein Ende hat und vor eben diesem Ende habe ich furchtbare Angst. Immer wieder ertappe ich mich dabei, wie ich Sean ansehe, wie ich Zuhause über ihn nachdenke, wie ich Jared gegenüber ein schlechtes Gewissen habe. Und das darf nicht sein. Dennoch habe ich diesen Trip nicht abgesagt. Zu dritt fahren wir mit seinem Buggy zu einem Anlegerplatz, wo ein kleines Boot schwankend auf uns wartet. Benny reicht mir seine Hand, um mir hineinzuhelfen. Ich bin so nervös, dass ich mir beinahe in die Hose mache! Sean scheint meine innere Unruhe zu bemerken, denn er greift nach meiner Hand und zieht mich zu sich. Aufmunternd lächelt er mir zu. »Falls es ein bisschen schwankt, darfst du deine Nägel gerne in mein Fleisch bohren. Nicht, dass ich darauf stehe, oder so …« Mit schiefem Lächeln betrachtet er mich, und dieses Lächeln lässt meine Knie weich wie Pudding werden. Mist! Wie konnte ich mich nur hierdrauf einlassen?

»Das hättest du wohl gerne«, ärgere ich ihn und lasse mich auf der nassen Bank neben ihm nieder.

»Und wie.« Sein Blick wandert über meinen Körper, und ich spüre plötzlich ein Ziehen in meiner Mitte, welches ich schon ewig nicht mehr verspürt habe.

Um das Thema zu wechseln, drehe ich mich so, dass ich seitlich auf das Wasser schauen kann, das in kleinen Wellen gegen das Boot schwappt. Benny startet den Motor und langsam beginnen wir uns zu bewegen. Ich genieße den Wind, der gemeinsam mit der Feuchtigkeit der Luft gegen mein Gesicht weht. Als eine größere Welle uns trifft und das Boot einen Satz macht, kralle ich mich hektisch an Seans Hand. »Das ging ja schneller als ich hoffen konnte.«

Benny gibt uns letzte Instruktionen, wie wir uns zu verhalten haben, und dann ist es auch schon so weit. Ich ziehe mir das Kleid über den Kopf und spüre Seans Blick, der nun meinen halbnackten Körper taxiert.

Mit Schnorchel, Schwimmflossen und Taucherbrille bekleidet, springt er als erstes in das warme Wasser. Ich setze mich an den Rand des Decks und lasse mich sanft hineingleiten. Ich habe meine Unterwasserkamera mitgenommen, weil ich dieses Spektakel keineswegs wieder vergessen will. Das türkisblaue Nass umgibt mich, und sofort stellt sich ein Gefühl bei mir ein, welches ich nicht im Geringsten beschreiben kann. Niemals hätte ich gedacht, dass es unter Wasser so klar sein kann! Dass diese Welt so real wirken würde.

Ich tauche tiefer, bin beinahe auf dem Boden des Riffs angekommen, als eine Schar kleiner Fische an mir vorbeihuscht. Sie bewegen sich so schnell, so anmutig, dass mir das Herz für einen Moment stehen bleibt. Anemonen bedecken den Boden, ich entdecke Farben, die ich unter Wasser niemals erwartet hätte: kräftiges Blau, Rot, Orange. Man hört nichts von den Geräuschen an der Oberfläche. Hier bin nur ich. Ich alleine. Inmitten dieser atemberaubenden Welt. Einer anderen Welt. Einer besseren.

Ich tauche nur kurz auf, um nach Sean Ausschau zu halten, der den Kopf ebenfalls aus dem Wasser streckt. Sogar unter dem Mundstück des Schnorchels kann ich sehen, wie er strahlt. Ob ich genauso aussehe? Zumindest fühle ich mich so. So frei. So schwerelos. Ich winke ihm zu und tauche wieder unter. Immer wieder hoch und runter. Immer wieder entdecke ich Neues. Ich verliebe mich in diese Welt und wage es beinahe nicht, Fotos zu schießen, weil ich mir sicher bin, dass nichts diese Pracht einfangen kann. Als ich dann doch eine Ewigkeit später irgendwann an meiner Kamera hantiere, sehe ich einen großen Schatten an mir vorbeigleiten. Ich sage gleiten, da ich nie etwas Anmutigeres gesehen habe. Mein Herz macht einen Satz, und am liebsten hätte ich aufgeschluchzt.

Eine riesige Schildkröte schwimmt seelenruhig an mir vorbei und sieht mich sogar für einige Sekunden an. Sie scheint keine Angst vor mir zu haben. Ich schwimme ihr nicht direkt hinterher, weil ich ihr nicht das Gefühl geben will, als jage ich sie, aber ich muss sie einfach ein Stück begleiten. Dieses majestätische Tier mit diesen weisen Augen.

Als meine Beine allmählich schlappmachen, schwimme ich wieder an die

Oberfläche und entdecke Sean, der mich mit funkelnden Augen mustert. Er zieht den Schnorchel aus dem Mund und kommt zu mir herangeschwommen. »Sag mir, dass sich das Abenteuer gelohnt hat«, ruft er überschäumend vor Freude. Und ich kann nicht anders, als ihn zu umarmen. Ich weiß nicht, wann ich das letzte Mal nichts außer purem Glück empfunden habe. Unsere Welt ist nicht immer schön, aber er hat mir gezeigt, dass es immer noch Stellen gibt, für die es sich zu kämpfen lohnt. Für die es sich zu leben lohnt.

»Danke«, hauche ich, und spüre, wie sich meine Kehle verengt. Tränen laufen mir über die Wangen und vermischen sich mit dem salzigen Wasser, in dem wir uns befinden. Hoch und runter wippend verharren wir. Meine Arme liegen immer noch um Seans Hals, und ich kann seinen wilden Herzschlag an meiner Brust spüren. »Danke, dass du mir das hier gezeigt hast«, fahre ich fort und beiße mir auf die Lippe, die er nun genauestens mustert.

Ein Kribbeln breitet sich von der Stelle aus, an der sich unsere Oberkörper berühren. Wo seine nackte Haut sich an meine schmiegt. Ich schließe die Augen, weil ich weiß, dass das absolut falsch ist, was ich empfinde. Aber können Gefühle überhaupt falsch sein? Schließlich kann man nichts dagegen anstellen. Ich könnte mich von ihm lösen, doch die Gefühle würden bleiben. Seans Hand, die eben noch meinen Rücken gestützt hat, wandert weiter hinab zu meiner Hüfte, und ich spüre, wie sich eine Gänsehaut über meinen gesamten Körper zieht. Als ich die Augen wieder öffne, hat sich der Ausdruck auf seinem Gesicht verändert. Er ist ernst, er sieht so verwirrt aus, wie ich mich fühle.

Ich schlucke hart, bevor ich meine Arme langsam löse und mich von einer Welle mitziehen lasse. Mein Herz hämmert immer noch wie wild in meinem Brustkorb, und auch Sean hat diese Nähe nicht kaltgelassen. Er reibt sich mit beiden Händen übers Gesicht und schwimmt zurück zum Boot.

Ich lasse die Situation auf mich wirken. Versuche all meine Zweifel und Schuldgefühle zu unterdrücken, doch ich schaffe es nicht vollkommen. Als ich mir sicher bin, dass ich noch Stunden im Wasser bleiben könnte, ohne dass sich etwas ändert, lasse ich mir wieder ins Boot helfen. Der Wind lässt mich frösteln, und ich ziehe mir das Badetuch, das Sean mir mitgebracht hat, fester um die Schultern. Wir wechseln kein Wort mehr miteinander und mit jeder Meile, die wir näher an die Küste heranschießen, empfinde ich die Stimmung als bedrückender. Irgendwie endgültig. Als hätten wir – als hätte ich – eine unsichtbare Grenze überschritten, als ich meine Arme um ihn geschlossen habe. Ich darf diese Gefühle nicht für ihn hegen. Und trotzdem wünschte ich, dass wir zurückfahren würden und dort ansetzen könnten, wo ich uns unterbrochen habe.

»Bist du wütend?«, frage ich und höre selbst, wie kindisch diese Frage ist.

Sean dreht sich in meine Richtung. Der Wind bläst ihm die Haare nach hinten. Die Stirn in Falten gelegt mustert er mich. »Wieso sollte ich wütend auf dich sein, Amy?«

Ich liebe es, wie er meinen Namen sagt. Viel zu sehr.

»Weil …« Wieso überhaupt? Weil ich ihn umarmt habe? Das ist nichts Verwerfliches eigentlich. Weil ich darüber nachgedacht habe ihn zu küssen und ich weiß, dass er ebenfalls daran gedacht hat? Oder weil ich mich im letzten Moment doch gegen ihn entschieden habe? »Ich glaube, ich habe dir falsche Hoffnungen gemacht.« Und mir selbst ebenfalls.

»Ist das so?« Bisher kannte ich Sean als aufgeweckten, spaßenden Kerl.

Als jemanden, der das Leben liebt und nichts an sich heranlässt, aber ich erkenne auch immer wieder neue Seiten an ihm. In diesem Moment wirkt er so, als wisse er etwas, was ich nicht weiß. Er lächelt nicht breit, nicht fröhlich, aber etwas in seinen Augen scheint sich sicher zu sein, dass die Hoffnungen, die ich ihm gemacht habe, gar nicht so falsch sind. Er scheint zu wissen, wie ich mich fühle, obwohl ich es selbst nicht einmal deuten kann.

»Sie sind falsch«, antworte ich matt und stehe auf, weil wir den Anlegesteg erreicht haben.

Kapitel 5

Sean

Ich dachte, die Sache mit Amy wäre ein einfacher Flirt. Ein Abenteuer. Etwas, was unerreichbar scheint. Denn wollen wir Kerle nicht immer die Frauen, die unerreichbar scheinen? Aber obwohl ich Amy erst einige Male gesehen habe, fühlt es sich komplett anders an als mit den Frauen zuvor. Ein bisschen Spaß, ein paar schöne Stunden. Nichts Kompliziertes. So mochte ich es immer. Und dann kommt sie und bringt alles durcheinander.

Sie mit ihrem perfekten Körper, den kupferroten Haaren, in die ich mich so gerne hineinkrallen würde. Am besten, wenn sie unter mir liegt oder auf mir … Ich schüttele den Kopf, um die Gedanken aus ihm zu verbannen.

Ja, ich würde das alles gerne mit ihr machen, aber ich kann sie nicht haben. Weil sie mit einem herrischen Kerl zusammen ist, der sie nicht verdient hat. Dabei habe ich gesehen, wie glücklich sie sein kann. Wie glücklich ich sie machen kann. Und ich ärgere mich über mich selbst, weil ich das überhaupt so sehr will. Aber ihr Lachen … dieses Lachen. Es macht mich fertig. Völlig wahnsinnig.

Der Tag war perfekt, und dann waren wir uns plötzlich so verdammt nah! Fuck! Ich musste mich so unfassbar zusammenreißen, sie nicht direkt an mich zu reißen, um ihre Lippen zu schmecken. Und irgendwie hat das dann alles zerstört. Weil ich in ihrem Gesicht gesehen habe, dass sie mich zurückstoßen würde. Was sie auch getan hat. Ich habe alles zerstört! Nicht sie! Sie war nicht bereit für mich, und jetzt habe ich jegliche Chance vertan, sie für mich zu gewinnen. Aber wieso ärgert mich das so dermaßen? Es ist nicht das erste Mal, dass eine Frau mich nicht wollte. Zugegebenermaßen kommt es nicht oft vor, aber es kommt vor.

Ich liege im Sand vor meiner Hütte und habe mir den Arm übers Gesicht gelegt. Heute ist einer dieser Tage, an denen es zu heiß ist. Die Leute wollen lieber in ihren Liegen chillen, anstatt surfen zu lernen. Und ausnahmsweise bin ich der Hitze sogar dankbar. Ich kann wirklich niemanden ertragen. Trevor sitzt neben mir und dreht sich eine Zigarette, während er mir davon erzählt, dass Hollie tatsächlich nur an dem Zimmer interessiert war. Eigentlich raucht er nicht, außer wenn er frustriert ist. Und das können eigentlich nur Frauen anrichten. Ich verstehe ihn so gut. »Was dachtest du denn?«, frage ich abwesend und denke weiter an Amy.

»Keine Ahnung, Mann! Vielleicht, dass sie gar kein zweites Bett braucht? Aber sie ist irgendwie auch gar nicht mein Typ.«

»Ach nein?«, frage ich spöttisch, denn eigentlich ist Jede sein Typ.

»Sie redet zu viel. Und ist ein bisschen verrückt, glaub ich.« Er zündet sich die Zigarette an und pustet den Qualm in die Luft. Jetzt bin ich neugierig geworden und ziehe den Arm von meinen Augen.

»Verrückt?«

»Ja. Erst hat sie krass laut Rockmusik gehört, dann habe ich sie Balladen mitsingen hören. Innerhalb von zwei Minuten.«

»Hm. Passt doch zu dir. Du bist auch verrückt.«

»Ja, aber doch nicht so!«

Ich zucke die Schulter und schließe wieder die Augen, ehe ich das bekannte Geräusch einer eingehenden Nachricht höre. Bevor ich allerdings nachsehen kann, hat Trevor mir das Handy vor der Nase weggeschnappt. »Ahaaa! Zuckerpüppchen hat dir geschrieben.«

Blitzschnell setze ich mich auf und reiße ihm das Handy aus der Hand.

Amy:

Sorry für mein Verhalten. Die ganze Situation hat mich ein wenig verunsichert.
Aber ich will meinen Abgang wiedergutmachen. Morgen Mittag hab ich da so ne
Sache ... ist vielleicht blöd für dich, aber eventuell willst du ja mit? Es ist echt nichts
Aufregendes. Und vielleicht ... keine Ahnung.
Es liegt mir am Herzen.

Sean:

Klar! Wenn es dir am Herzen liegt, kann es gar nicht blöd sein. Soll ich dich
abholen?

Amy:

:-) Ok. Aber ich komme lieber zu dir. Wo wohnst du?

Ich schicke ihr meine Adresse und merke, dass ich wie ein Bescheuerter über das ganze Gesicht grinse. Trevor sieht mich mit gerunzelter Stirn von der Seite an.

»Was?«, frage ich gereizt. Ich kenne diesen Blick.

»Weißt du noch, als du mal sternhagelvoll warst und mich angewiesen hast, dich davor zu bewahren, Scheiße zu bauen?«

»Das kam schon öfter vor, Trev!«

»Ja. Heute bist du zwar nicht besoffen, aber ich möchte dich trotzdem davor bewahren. Denn das, was du tust, ist ein überdimensional großer Haufen Scheiße mit extra Fliegen, die darum schwirren.«

»Amy ist sicher kein überdimensional großer Haufen Scheiße!«

»Nein, aber sie ist verheiratet. Du weißt, dass ich normalerweise nicht den Moralapostel spiele, aber Mann! Willst du eine Ehe zerstören?«

»Das ist eine scheiß Ehe!«, rechtfertige ich mich und werde immer wütender. Obwohl ich weiß, dass er natürlich recht hat. Und dass ausgerechnet Trevor Bail mir das klarmachen muss, ärgert mich mehr als alles andere. Er hat keine Ahnung, wie dieser Kerl ist. Und er hat verdammt nochmal keine Ahnung, wie sie in seiner Gegenwart ist. Und doch verstehe ich ihn. Es wäre einfacher, wenn ich es nicht täte.

»Aber das hast nicht du zu entscheiden.«

Ich stehe auf, weil ich keine Lust mehr auf diese Diskussion habe. »Ich mach für heute Schluss. Wenn du willst, kannst du die Kunden übernehmen, wenn jemand kommt. Wenn nicht dann hau einfach ab.«

Kapitel 6

Amy

Ich weiß nicht, ob es eine gute Idee war, Sean zu schreiben. Naja, um genau zu sein bin mir sicher, dass es eine verdammt schlechte Idee war. Dennoch konnte ich gestern Abend nicht anders. Sobald ich die Fotos meiner Kamera auf meinen Computer gezogen, und sie mir immer und immer wieder durchgeschaut habe, hat mein Herz über die Vernunft gesiegt. Jetzt liege ich auf meinem Bett und begutachte meine Fotowand. Die letzten Jahre habe ich nur Fotos von der Natur gemacht. Erst jetzt könnte ich wieder welche hinzufügen, die mir so viel mehr bedeuten. Aber dann kämen Fragen auf. Jared würde eifersüchtig werden – und zu meiner Schande wäre es nicht einmal unbegründet. Also stecke ich die Bilder in einen Umschlag und verstecke diesen ganz unten in einem Regal im Ankleidezimmer.

Amy:
Hey! Was machst du?

Hollie:
Was ist los?

Amy:
Was soll los sein?

Hollie:
Ich habe dir vor einer halben Stunde geschrieben, dass ich arbeite, Süße. Daran hat sich immer noch nichts geändert. Geht es wieder um Mr. Schnuckelchen? ;-)

Amy:
Hmm…

Hollie:
Echt jetzt? Das war eigentlich ein Witz.
Willst du kurz telefonieren?

Amy:
Ich dachte, du arbeitest? :-D

Hollie:
Der Job ist Dreck. Ich kündige nächste Woche.

Keine zwei Sekunden später klingelt mein Telefon. Ich geh ran und sofort höre ich laute Kinderschreie im Hintergrund. »Na, du Luder?«

»Ich bin kein Luder«, stelle ich klar und verdrehe die Augen, obwohl sie es nicht sehen kann. »Als was arbeitest du?«

Sie seufzt tief. »Eigentlich – ganz eigentlich soll ich Kinder betreuen, aber ich darf hier gar nichts. Sie sollen nur vor der Glotze sitzen und sich Müll reinstopfen. Ich könnte kotzen! Und sowas zieht dann Geld von den Eltern ein. Na danke!«

»Oh. Wenn mein Kind bei so einer Tagesstätte wäre, wüsste ich das gerne.«

Sie seufzt. »Die wissen es. Das ist das Schlimmste.«

»Manche Menschen sollten keine Kinder haben.« Ich denke wieder an Daisy und dass sie sich manchmal wünscht, keine Mutter zu sein.

»Und jetzt erzähl mir alle schmutzigen Details! Ich will alles wissen. Alles, hast du gehört?« Ich höre durch das Telefon, wie sie sich eine Handvoll Chips in den Mund steckt. Ich erzähle ihr von dem Schnorcheln, von dem Gefühl, als ich Sean so nah war, von seinen Blicken.

»Heilige! Da werde sogar ich ganz wuschig und ich war nicht einmal dabei. Ich glaube du solltest Sex mit ihm haben!«

»Was?!«, schreie ich durchs Telefon und kann nicht glauben, dass sie das wirklich gesagt hat. Sie kaut genüsslich weiter und antwortet eine ganze Weile nicht. »Hollie? Wie kommst du darauf?« Sie schluckt.

»Für mich scheint das die einzig plausible Lösung zu sein. Du wirst sehen, ob es nur eine Schwärmerei ist oder ob du dich in ihn verliebt hast.«

»Ich habe einen Ehemann.«

»Oh Amy! Das eine schließt das andere nicht aus!« Ich lasse mich rückwärts aufs Bett fallen und bin mir sicher, dass Hollie jetzt alles nur noch komplizierter gemacht hat. Bisher habe ich mir über Sex nicht einmal Gedanken gemacht und jetzt werde ich ihn womöglich nicht mehr los. Ich habe mir erhofft, dass sie mir sagt, dass das ganz normal sei. Dass es nichts zu bedeuten hat und ich es einfach als kurzen Flirt abtun soll. Dass ich Jared nicht betrügen darf. Ich seufze und versuche das Thema zu wechseln. »Und wie läuft es in der neuen Wohnung?«

»Ganz gut!«, lacht sie. »Trevor zu ärgern macht Spaß und Mark, der andere Mitbewohner, ist ziemlich cool.«

»Du bist fies«, sage ich schnalzend, während ich in meinen Regalen nach etwas zum Anziehen suche. In letzter Zeit ist es mir wieder wichtiger, wie ich aussehe. Es soll schließlich nicht zu aufreizend sein, aber wie eine Oma will ich auch nicht herumlaufen.

»Du, ich muss aber jetzt auflegen. Wir sehen uns die Tage. Hab dich lieb!«, flötet sie und legt auf. Schmunzelnd lege ich das Handy zur Seite und wühle weiter in dem Schrank herum.

Eine halbe Stunde später trage ich ein rotes Croptop und einen bodenlangen, weißen Rock, der auf der Seite bis zum Oberschenkel einen Schlitz hat. Meine langen Haare habe ich offengelassen, und an einer Seite einen unsauberen Zopf hineingeflochten. Nicht zu gewollt und doch etwas Besonderes.

Schnell gebe ich Seans Adresse in mein Handy ein und bin überrascht, dass er nur sieben Minuten von mir entfernt wohnt. Wie kann es sein, dass wir uns nie begegnet sind? Ich bin zwar selten draußen, aber … Ja okay, das wird es wohl sein. Ich bin eben fast nie draußen. Ich schnappe mir meine große weiße Tasche von der Kommode und mache mich auf den Weg zu ihm.

Zuerst über lege ich, ob ich das Auto nehmen soll, entscheide mich dann aber dagegen. Es kommt so selten vor, dass ich das Haus verlasse, dass ich diese Zeit vollends auskosten will. Heute muss ich nicht einmal befürchten, dass Jared mich entdecken könnte, denn er weiß, dass ich etwas vorhabe. Als ich die Adresse erreiche, die er mir gegeben hat, bin ich mir nicht sicher, ob ich hier richtig bin. Verwundert begutachte ich die kleine Hütte. Sie ist beinahe so winzig wie seine Surfschule. Zwar liegt sie einfach fantastisch, aber ich kann mir kaum vorstellen, dass er wirklich in einer so kleinen

Behausung lebt. Seine Mutter hat Geld – viel Geld. Wieso sollte sie ihn nicht unterstützen, wo sie doch ein so gutes Verhältnis haben?

Man kann beinahe direkt von der Terrasse auf einen langen Steg bis zum Wasser gehen. Nur ein paar Fuß liegen dazwischen. Das Rauschen der Wellen begleitet meinen Weg zu der von der Sonne ausgeblichenen Eingangstür. Immer noch unsicher, ob ich hier richtig bin, klopfe ich zögernd. Ich höre etwas auf den Boden fallen, mit einem darauffolgenden Fluchen.

Ja doch, ich bin richtig!

»Moment!«, ruft er und klingt ein wenig gequält, was mich zum Grinsen bringt. Klappern und Poltern ertönt aus der Holzhütte und ich frage mich, was der Kerl dort drin veranstaltet.

»Ähm. Kann ich dir irgendwie helfen?«

»Nein! Nein, danke. Alles gut. Ich …« Erneutes Deppern und Fluchen. »Ich bin bald fertig!«

Sobald Sean die Tür aufschließt, dränge ich mich ins Innere der Hütte, um dem Chaos auf den Grund zu gehen. Sean steht mit dem Ellenbogen gegen den Türrahmen gelehnt und schnauft angestrengt. Ein zufriedenes Grinsen liegt auf seinem Gesicht. Bis er meinen prüfenden Blick sieht, der sich in dem kleinen Raum umsieht. Und wenn ich sage klein, dann meine ich klein! Ich stehe in einem einzigen Raum, der Wohn-, Schlaf-, Esszimmer und Küche vereint. Rechts von mir befindet sich ein kleines zerwühltes Bett, direkt unter einem Fenster, an dessen Rahmen die mintgrüne Farbe bereits abblättert. Einen wirklichen Schrank scheint Sean nicht zu besitzen. Nur einige Kisten unter dem Bett, aus denen einzelne Hosenbeine oder Ärmel herauslugen. Grinsend drehe ich mich in seine Richtung, und als er meinem Blick zu dem Bett folgt, rast er hin und stopft alles, was fehl am Platz ist, wieder in die Kisten hinein.

»Ich weiß, dass es nichts Besonderes ist, aber ich mag's. Du bist natürlich Besseres gewohnt, klar. Ich hab auch aufgeräumt, aber naja. Ist halt nicht viel Platz zum Aufräumen«, versucht er sich hastig zu erklären und deutet auf den Raum. Lächelnd gehe ich auf ihn zu und lasse mich neben ihm aufs Bett fallen.

»Ist doch romantisch.« Sein Blick wird entspannter und ich höre, wie er erleichtert durchatmet.

»Freut mich. Ich bin auch verdammt stolz darauf. Das ist mein eigener Verdienst. Alles, was ich mit der Surfschule verdiene und meiner Mutter nicht wegen des Studiums zurückzahle, steckt hier drin.«

Ich rolle mich auf die Seite, sodass ich ihn genauer ansehen kann. »Nur das Bett ist ein bisschen klein, wenn man zu zweit drin schlafen will.«

Belustigt hebt er eine Augenbraue. »Baby, glaub mir, wir würden hier nicht viel drin schlafen. Und für alles andere ist in der Hütte genug Platz.«

»Wir?«, japse ich beinahe hysterisch und spüre die Hitze. Er zuckt die Schultern, steht auf, ehe er mir seine Hand reicht. Mit einem Ruck hilft er mir hoch und zieht mich unweigerlich an sich heran. Seine Hand, die meine immer noch umklammert hält, führt er hinter meinen Rücken, sodass ich keinesfalls rückwärts ausweichen kann. Sein Gesicht ist mir so nah, dass ich seinen Atem spüren kann. Dass ich sehen kann, dass seine Augen nicht komplett grün sind, sondern schwarze Flecken haben. Ich schlucke, kann mich nicht bewegen, weil ich das Gefühl habe, dass er mich immer fester an sich presst. Weil ich das Gefühl habe, dass ich auf dem Boden festwachse. Weil ich das Gefühl habe, dass ich zu Staub zerfalle, wenn ich ihm nicht mehr so nahe sein darf. Ich denke an Hollies Vorschlag und spüre dieses Kribbeln, das sich von meinem Bauch immer weiter nach unten ausbreitet. Am liebsten würde ich meine Beine um ihn schwingen und ihn mir zeigen lassen, dass genug Platz in dieser Hütte ist. Mein Atem geht alleine bei dem Gedanken daran, was er mit mir anstellen könnte, stockend, und ich bin mir sicher, dass er es genau spürt. Dass er meine Begierde spürt.

»Wir müssen los, oder?«, flüstert er rau. Und alles, was ich tun kann, ist nicken. Sein Blick wandert andächtig an mir herab. »Du siehst übrigens wieder wunderschön aus.«

Mein Herz hämmert irrsinnig fest gegen meine Brust, sobald die alte Turnhalle in Sichtweite kommt. Noch habe ich Sean nicht erzählt, was wir vorhaben. Und es macht mir eine Scheißangst, dass er es vielleicht für blöd hält. Oder noch schlimmer: Nur so tut, als fände er es schön. Es ist alles, was ich in meinem Leben vorzuweisen habe und bin unglaublich stolz darauf. Bevor er in meinem Leben aufgetaucht ist, war das alles, was mich glücklich machen konnte. Ich rüge mich selbst für diesen Gedanken. Ich hatte ein Leben vor ihm und auch, wenn es nicht perfekt war, konnte ich nicht klagen. Dass ich Jared und unseren gemeinsamen Jahren so herablassend gegenüber bin, fühlt sich so an, als habe die Zeit nicht gezählt. Und das kann ich nicht akzeptieren. Es darf nicht sein, dass ich all die Jahre verschwendet habe. »Wir sind bald da«, stammele ich und nestle an meinem Rock herum. Meine Hände sind verschwitzt und mein Mund ist ausgetrocknet.

»Ich freue mich schon«, sagt er mit einem wunderschönen Lächeln auf den Lippen.

»Wenn du es blöd findest, dann … keine Ahnung. Dann muss ich dich wohl umbringen.«

Er lacht, legt einen Arm um meine Schulter und zieht mich mit einem Ruck näher an seinen Körper heran. Der unerwartete Körperkontakt bringt mich ins Taumeln und beinahe wäre ich umgekippt, hätte er mich nicht so fest an sich gepresst. Für einen Außenstehenden könnte es aussehen, als wären wir einfach nur ein glückliches Paar, das an einem schönen Dienstagmorgen einen Spaziergang in der Stadt veranstaltet. Der Gedanke gefällt mir, aber gleichzeitig denke ich daran, dass auch Jared oder jemand den wir kennen, uns dabei sehen könnte. Also entferne ich mich schweren Herzens wieder von Sean.

»Was genau erwartet mich denn in der Höhle des Löwen?«

»Das wirst du schon sehn«, kichere ich und ziehe ihn an der Hand weiter, weil wir einfach nicht näherkommen wollen. Mit einem Mal bin ich überhaupt nicht mehr nervös. Ich weiß einfach, dass er es gut finden wird.

Vor der Turnhalle stehen etliche Autos und Vans mit Laderampen. Ich kenne den Anblick und er ist wie immer ein Zeichen, dass ich zumindest das richtiggemacht habe. Die Leute kommen gerne vorbei. Sie lieben dieses Programm mindestens so sehr wie ich. Mit meinem ganzen Körpergewicht lehne ich mich gegen die schweren Eingangstüren – die eher semioptimal für all dies hier sind, wir aber leider noch keine passendere Location gefunden haben – und sobald die Türen offen sind, schwappen unzählige Stimmen zu uns herüber. Sean sieht mich verängstigt an. »Worauf habe ich mich hier eingelassen, Amy?«

Ich verdrehe nur die Augen und ziehe ihn mit mir durch den langen Flur in die große Halle, in der wir etliche Tische und Bänke aufgestellt haben.

Sobald die Kinder mich entdecken, stürmen sie auf uns zu und werfen sich mir nach und nach in die Arme. Zu vielen von ihnen muss ich mich hinabbeugen, weil sie aus ihren Rollstühlen nicht aufstehen – oder sich überhaupt nicht bewegen können. Die Kinder sind ein eingespieltes Team und so haben die, die es können, diejenigen, die an einen Rollstuhl gefesselt sind, einfach mitgeschoben. Sean wird von den meisten nur kritisch beäugt, bis Sally – eine achtjährige Zuckermaus mit Down-Syndrom – ihn sich schnappt und zu einem der Tische zerrt. Zunächst wirft er mir einen verwirrten Blick zu, als Sally ihn aber fester an seinem Arm zieht, breitet sich ein Grinsen auf seinem Gesicht aus und er folgt ihr gehorsam. Ich schiebe Billy mit seinem Rollstuhl ebenfalls zu einem der Tische, an denen er bis gerade eben saß. Billy ist leider eines der Kinder, die sich nicht direkt an unseren Projekten beteiligen können, und doch behandeln wir sie nicht anders. Er kann zwar nicht mitarbeiten, darf aber zuschauen und den Gesprächen zuhören. Seine Mutter lächelt ihn liebevoll an und wischt ihm etwas aus dem Gesicht, was nur sie gesehen hat. Ich bewundere sie. Ich bewundere all diese Frauen und Männer, die so aufopferungsvoll für ihre Kinder da sind. Egal, wie schwer die Behinderung ist – sogar, wenn sie überhaupt nicht sichtbar ist – ist es immer eine Last, die die Eltern zu tragen haben. Aber die meisten tragen sie mit Liebe.

Nach dem Mittagessen, das wir alle zusammen vorbereitet und eingenommen haben, hilft Sean mir dabei, das Geschirr in die Spülmaschinen zu räumen. Seit wir angekommen sind, habe ich kaum mit ihm gesprochen, auch wenn ich ihn nicht aus den Augen lassen konnte. Er hat die Kinder genommen, wie sie sind. Hat mit ihnen gespielt und war manchmal ein wenig perplex, aber das ist völlig in Ordnung.

»Und was genau ist das hier?«, fragt er nach einer Weile.

»Das ist ein Teller«, antworte ich grinsend.

Er stößt mich mit der Hüfte an. »Haha. Du weißt, was ich meine.«

»Das ist meine Organisation«, erkläre ich ein wenig stolz und gleichzeitig peinlich berührt. Ich habe das nicht getan, um Anerkennung zu bekommen. Ich wollte nur etwas zurückgeben. »Wir treffen uns jede Woche ein bis zweimal, um zu basteln, zu spielen, zu reden. Die Kinder brauchen es, aber die Eltern genauso.«

»Und du hast das alles auf die Beine gestellt?«, fragt er fasziniert, stellt den letzten Teller in die Maschine und lehnt sich lässig gegen die Arbeitsplatte, um mich besser sehen zu können. Ich zucke die Schultern.

»Ja. Aber Jared finanziert es. Wir wollen allerdings in ein paar Wochen alle zusammen für einige Tage nach Disney World. Um die Gelder zusammenzubekommen, sind wir die letzten Wochen fleißig am Basteln, und veranstalten kurz vorher einen riesigen Basar. Wir hoffen, dass wir dadurch genug Geld zusammenbekommen. Es würde mir das Herz brechen, wenn wir es nicht schaffen.«

Er zieht die Augenbrauen zusammen. »Das werden wir schon hinbekommen, das verspreche ich dir.«

Ich lächle und lehne mich seitlich gegen ihn. Lasse es für einen Moment zu, obwohl ich es eigentlich sein lassen sollte. »Jared hat versprochen seine Kollegen einzuladen. Die haben genug Kohle und können uns ruhig ein bisschen unterstützen.«

Sally steckt den Kopf durch die Tür und grinst breit. Wie immer zaubert sie einem sofort ein Lächeln aufs Gesicht. Sie ist eines der aufgeschlossensten Kinder überhaupt. Ich liebe sie so sehr, als sei sie mein eigenes. Sofort gehe ich zu ihr hin und knie mich zu ihr herab. »Na, Hübsche? Hast du uns gesucht?«

Sie nickt heftig. »Der andere Mann ist da.« Sie blickt sich verschwörerisch um und winkt mich näher zu sich. »Sean mag ich aber viel lieber«, flüstert sie kichernd.

»Er ist süß, oder?«, frage ich zwinkernd, was Sally sofort wieder zum Kichern bringt. Ich sage ihr, dass sie schon mal vorgehen soll. Sobald sie uns alleine gelassen hat, wende ich mich mit schlechtem Gewissen an Sean. »Kannst du kurz hier warten? Ich muss etwas regeln«, sage ich und versuche so normal wie möglich zu klingen.

»Klar. Stimmt etwas nicht?«, fragt er mit zusammengekniffenen Augen. Ich liebe die Sorge in seinem Blick. Und ich weiß, dass ich eigentlich nichts an ihm lieben dürfte. Trotzdem könnte ich ihn in diesem Augenblick … Nein.

»Alles gut.«

Jared steht mit Anzug, Krawatte und seiner Aktentasche in dem Raum und wirkt einfach lächerlich. Auf den ersten Blick sieht es so aus, als habe er sich verlaufen. Er wirkt völlig fehl am Platz. Und das, obwohl er derjenige ist, der das alles erst möglich macht. Als er mich sieht, lächelt er mich liebevoll an und zieht mich in eine Umarmung. »Hey, mein Liebling. Ich habe dich vermisst.« Sein Duft lässt mich die Augen für einen Augenblick schließen. Er erinnert mich an früher. Daran, dass wir auch gute Zeiten hatten. Aber sobald ich mich daran erinnere, dass diese Zeiten vorbei sind, und meine Gedanken an den Mann in der Küche zurückschweifen, löse ich mich aus seiner Umarmung.

»Was machst du denn hier, Jared?«

»Darf ein Mann seine Frau nicht überraschen? Ich habe mir gedacht, dass wir beide jetzt irgendwo etwas Schönes essen gehen. Uns einen gemütlichen Abend machen. Wir haben schon viel zu lange keine Zeit mehr nur für uns gehabt.« Seine Augen sind so weich, sein Lächeln so liebevoll, während er mir über die Wange streicht. In diesem Moment vermisse ich diesen Mann. Ich weiß, dass er nur eine kurze Erinnerung an damals ist. Bald wird er wieder ein anderer sein. Aber diesen Mann habe ich wirklich geliebt.

»Ich habe hier noch einiges zu tun, Jared. Du weißt doch, wie wichtig mir das ist. Aber heute Abend, wenn du willst?«, schlage ich vor, weil mein schlechtes Gewissen ihm gegenüber mich sonst umbringt. Er hat das nicht verdient. Enttäuschung legt sich über sein Gesicht, aber er versucht sich an einem Lächeln.

»Okay. Aber dann …« Sein Blick fliegt über mich hinweg und sein Gesicht wird hart. Die Lippen zu einer schmalen Linie zusammengepresst, die Augen wütend verzogen, verstärkt sich sein Griff um meinen Arm. Ich versuche ihn ihm zu entziehen, aber er krallt sich immer fester in mein Fleisch.

Kapitel 7

Sean

Eines der Kinder kam weinend in die Küche gestürmt und hat mich angebettelt, ihm bei etwas zu helfen. Bevor ich auch nur wusste, was passiert, hat es mich hinaus in die große Halle gezerrt. Dort sah ich dann auch den Grund, wieso ich mich fernhalten sollte. Amys Mann. Es versetzte meinem Herzen einen Stich, sie so zu sehen. Umschlungen. Wie Amy ihren Kopf an seine Brust schmiegte. Er hielt sie fest an sich gezogen und strich ihr sanft über den Kopf. Zumindest, bis er mich sah.

In diesem Moment schaut er zu mir herüber und ich kann erkennen, dass er Amy wehtut. Sie versucht sich aus seinem Griff zu befreien, aber er lässt nicht locker. Seinem Blick nach zu folgen, würde er mich am liebsten umbringen. Grob zerrt er Amy mit sich hinaus in den Flur. Sie wehrt sich leise, will aber nicht die ganze Aufmerksamkeit auf sich ziehen und folgt ihm hinaus.

»Ich komme gleich zurück«, verspreche ich dem kleinen Mädchen und lege alles, was sie mir in die Hand gedrückt hat, wieder zurück auf den Tisch, um Amy und Jared zu folgen. Ich habe kein gutes Gefühl dabei, die beiden alleine zu lassen. Als ich an der Tür angekommen bin und sie aufreiße, höre ich bereits seine aufgebrachte Stimme, kann aber nicht ausmachen, wo genau sie sich befinden. Die vielen Räume und Verwinkelungen machen es mir nicht gerade einfach.

»Du hast noch viel zu tun, hm? Nennst du das etwas zu tun haben?«

»Wir sind nur Freunde, Jared!« Amys Stimme klingt ängstlich. Ich stürme an etlichen Umkleidekabinen vorbei.

»Ach ja? Als ob! Denkst du ihm würde es gefallen, dass seine Mutter so eine Schlampe ist? Ich tue so viel für dich, Amy! Und so dankst du es mir?«

Ich höre ein Schluchzen. Ein Weinen, das aus tiefster Seele stammt und in mir hege ich den ätzenden Wunsch, dem Kerl seine scheiß Visage zu polieren! Wie kann er so mit seiner Frau reden? Wie kann er überhaupt so mit einem Menschen reden?

»Bitte, sag sowas nicht! Wir sind nur Freunde!«, schluchzt sie und beteuert es immer wieder, aber Jared antwortet nicht mehr. Ich entdecke eine Tür am Ende des Flurs, die ein Stückchen aufsteht und renne hin. Sobald ich allerdings ankomme, reißt Jared sie komplett auf und stürmt an mir vorbei. Er scheint mich überhaupt nicht wahrzunehmen. Zu sehr gefangen in seiner Wut, merkt er nicht, wie unterirdisch er sich gerade benimmt, obwohl ihr dieser Ort so wichtig ist.

Amy sitzt mit bebenden Schultern auf einer Bank. Den Blick zur Decke gerichtet, um ihre Tränen offenbar zurückzuhalten. Erst, als ich mich zu ihr setze, meine Arme um sie lege und sie an mich ziehe, bemerkt sie mich. Unter tränenunterlaufenen Augen sieht sie mich an und stößt die Luft aus, als hätte sie sie eine Ewigkeit angehalten. Sie schmiegt ihr Gesicht an mich, weint jedoch nicht. Ich habe das Gefühl, dass schon das Atmen ihr schwerfällt, weshalb ich nichts sage, sondern nur immer wieder über ihren Rücken streiche. Manchmal können Worte mehr schmerzen, als ein Schlag ins Gesicht.

Ich habe keine Ahnung, wie lange wir hier sitzen, aber ich weiß, dass keine Zeit der Welt ausreichen würde, um ihr diesen Schmerz nehmen zu können. Obwohl mir die Frage auf der Zunge brennt, was Jared gemeint hat, schweige ich. Es liegt nicht bei mir, sie zu fragen. Wenn sie sich bereit fühlt, darf sie mir alles erzählen und ich werde jedem einzelnen Wort zuhören. Aber solange dieser Augenblick nicht gekommen ist, werde ich sie einfach nur festhalten. Sachte streiche ich ihr einige verirrte Strähnen aus dem Gesicht. Sie zittert wie verrückt, obwohl es nicht kalt ist. Es bricht mir das Herz, sie so zu sehen. Und es macht mich gleichzeitig so wütend, dass ich nichts unternehmen kann.

»Amy?« Sie atmet laut ein, was wohl als Antwort genügen muss. »Jared ist ein Arschloch. Ich weiß, dass es mir nicht zusteht, dich das zu fragen, aber wieso bleibst du bei ihm?«

»Es ist kompliziert«, flüstert sie mit kratziger Stimme. Ihre glasigen Augen liegen auf meinem Gesicht.

»Ich glaube, wir können hier nicht mehr viel machen, oder? Die Kinder werden sich nur Sorgen machen. Ich informiere die Eltern, dass es dir nicht gut geht und dann hauen wir ab.«

Sie nickt kaum merklich und schließt für einen weiteren Augenblick die Augen. »Danke, Sean.«

»Heute wird es noch regnen«, verkündet Trevor und streckt die Nase gen Himmel. Hollie verdreht nur die Augen. »Du spinnst doch! Da ist keine einzige Wolke am Himmel!«

Er grinst breit. »Wollen wir wetten?«

Amy hat sich eine dünne Decke um die Schultern gezogen, obwohl die Sonne noch genauso warm auf uns hinabscheint wie am Mittag. Es ist bereits sieben Uhr abends und wir sitzen gemeinsam mit Hollie und Trevor vor meiner Hütte. Nachdem ich uns bei den Kindern und ihren Eltern entschuldigt habe, wollte ich Amy irgendwohin bringen, wo ich sie ablenken kann. Ich wollte unbedingt vermeiden, dass Jared uns findet, also habe ich Tev angerufen, ob er keine Lust hätte, ein bisschen mit uns zu chillen. Und weil Hollie bei ihm wohnt, hat er sie gleich mitgebracht.

Amy ist recht schweigsam, aber sie sieht wieder besser aus. Die geschwollenen Augen sehen wieder normal aus und die Trauer ist nur noch erkennbar, wenn man weiß, dass man nach ihr suchen muss. Ich suche ständig nach ihr, obwohl ich einfach nichts dagegen tun kann.

Wir haben ein kleines Lagerfeuer im Sand gemacht, um das wir sitzen und Marshmallows grillen. Paradise City von Guns 'n' Roses läuft im Hintergrund und eigentlich könnte man meinen, es wäre der perfekte Abend. Meine Hütte liegt so abgeschieden, dass sich selten Leute an diesen Teil des Strandes verirren. Wir überbrücken die Zeit mit weniger tiefgehenden Gesprächen, bis ich das Gefühl habe, dass Amy langsam wieder auftaut. Ich erfahre, dass die Fotografie schon ihre Leidenschaft ist, seit sie ein kleines Mädchen war.

»Ich würde dich gerne einmal fotografieren!«

»Ich bin total unfotogen, Amy!« Sie lacht. Zum ersten Mal, seitdem dieses Arschloch ihr wehgetan hat.

»Das glaube ich nicht. Du hast doch das perfekte Modelgesicht!«

Trevor lehnt sich vor. »Glaub ihm ruhig. Er sieht auf Bildern aus, als hätte er in eine Zitrone gebissen. Da kann auch sein hübsches Gesicht nichts dran ändern«, erklärt er und zwickt mir wie eine Oma in die Wangen, bis sie wehtun.

Ich entziehe ihm mein gepeinigtes Gesicht. »Also, man muss ja nicht gleich übertreiben«, grinse ich.

»Ich wette, ich mache aus dir ein Model! Hast du eine Kamera?«

»Nur am Handy«, erkläre ich achselzuckend.

»Das wird reichen.« Amy springt auf und hält mir die Hand hin. Normalerweise bin ich wirklich nicht begeistert von Fotos, aber für Amy würde ich mich in jeglicher Hinsicht zum Deppen machen. Was ist nur aus mir geworden? Und wie zur Hölle hat sie das so schnell angestellt?

»Wie willst du mich haben? Nackt?«, frage ich begeistert und ziehe mir schnell das Shirt über den Kopf, als sie mich lachend davon abhält. »Alles – nur das nicht!«

Theatralisch presse ich mir die Hand aufs Herz. »Autsch! Du bist erbarmungslos! Das hättest du auch netter sagen können!«

»Süßer, in meinem Job muss ich professionell sein. Da kann ich mit umherhängenden Pimmeln nichts anfangen«, erklärt sie und schnippt mit den Fingern.

»Er muss ja nicht hängen«, schlage ich grinsend vor und zwinkere ihr zu.

Sie schüttelt den Kopf und klimpert auf dem Handy herum, kann aber nicht verstecken, dass sie rot wird. Kann es sein, dass rothaarige Mädchen noch schneller rot werden, als andere? Mir zumindest gefällt es, sie in so eine Lage zu bringen.

»So. Jetzt stell dich einfach dahin. Vor einem Sonnenuntergang sieht jeder gut aus.« Ich stelle mich in Pose. Sie drückt ab, sieht sich das Bild an und prustet los.

»Okay! Ihr habt nicht übertrieben! Du bist der gegenteilige Barney Stinson, glaube ich! In Echt sahst du noch richtig süß aus, aber auf dem Bild? Kein Kommentar.«

»Hey! Ich bin ein Mann! Männer sind nicht süß! Männer sind heiß. Stark. Männlich! Ich glaube nicht, dass man vor einem Sonnenuntergang stark und männlich aussehen kann!«, schimpfe ich und sehe mich nach einem geeigneteren Hintergrund um.

»Ich glaube, es muss doch halbnackt sein! Anders geht es nicht!« Ich ziehe mir das Shirt schlussendlich doch über den Kopf und laufe ins Wasser. Auch um diese Zeit ist es noch wunderbar warm. Ich will Amy überreden, mit rein zu kommen, aber darauf lässt sie sich nicht ein. Sie sieht mich nicht direkt an, aber ich sehe genau, dass sie mich auf dem Bildschirm des Handys mustert.

»Dann mach schon deine sexy, starke, männliche Pose! Zeit ist kostbar, Schätzchen!«, ruft sie mir geschäftig zu, woraufhin ich versuche zu posieren. Es gelingt mir mehr schlecht als Recht, aber sie lachen zu hören macht diese Erniedrigung wieder wett.

Wie erwartet bekommen wir keine sexy, starken, männlichen Bilder zustande, aber immerhin liegt Amy jetzt am Boden und muss sich vor Lachen den Bauch halten. Also würde ich sagen: Mission accomplished. Schwer atmend laufe ich auf sie zu und beuge mich so über sie, dass sie sich die Hände vors Gesicht schlägt, um sich vor dem Wasser zu schützen. »Lachst du mich etwa aus?«, frage ich und schüttele mich über ihr. Kreischend will sie fliehen, doch ich umfasse ihren Bauch, um sie rückwärts an mich zu pressen. »Loslassen!« Sie strampelt, muss aber so sehr lachen, dass sie sich einfach zu Boden fallen lässt und mich mit sich hinabzieht. Ihr Kopf bettet sich auf ihre kupferroten Haare, während sich Brustkorb schnell hebt und senkt. Sie lächelt mich breit an, sodass ich ihre perfekten weißen Zähne sehen kann. So verharren wir einen Moment. Ich über sie gebeugt, sie lächelnd unter mir. Alles, was sich bewegt, sind die Tropfen, die immer noch unaufhaltsam auf sie hinabfallen. Langsam aber sicher verschwindet das Lächeln von ihren Lippen, während ihre Augen über mein Gesicht gleiten. Es ist, als würde die Welt langsamer drehen. Als gäbe es nur noch sie und mich.

»Danke«, unterbricht sie die Stille zwischen uns.

»Wofür?« Meine Stimme klingt zu rau, zu gequält. Und ja, ich quäle mich. Es gibt nur ein Hindernis, was mich davon abhält, sie jetzt zu küssen. Ich weiß, dass ich mich unwiderruflich in sie verlieben würde und das kann für keinen von uns gut ausgehen. Doch es fällt mir von Sekunde zu Sekunde schwerer, diesem Wunsch nicht nachzugeben.

»Ich hätte nicht gedacht, dass ich heute nochmal lachen würde.« Sie nimmt ihre Unterlippe zwischen die Zähne, während ihr Atem immer schwerer kommt. Wie kann ein Mensch nur so perfekt aussehen? Wie in Zeitlupe öffnet sie den Mund und stößt die restliche Luft aus ihren Lungen. »Lass uns zu den anderen gehen.«

Ich nicke. Es ist richtig. Es ist besser. Aber es fällt mir unheimlich schwer, mich von ihr zu entfernen. Nie ist mir etwas schwerer gefallen. Weil ich Angst habe, dass ich sie doch noch zurückhalte, lasse ich sie vor mir hergehen.

Hollie und Trevor haben eine Weltkarte vor sich ausgebreitet und geben gegenseitig damit an, wo sie schon überall waren.

»Du warst nicht in Afrika!«, klagt Trevor Hollie an.

»Achja? Woher soll ich denn bitte meinen afrikanischen Namen haben? Ich bin Akofa – die mit dem frohen Herzen. Ha!«

»Google?«

Hollie schnalzt mit der Zunge. »Du bist unmöglich!« Sie dreht sich in Amys Richtung und zieht sie im Sitzen in eine lange Umarmung. »Wir müssen jetzt auch los. Unsere Serie läuft gleich.«

»Wir haben eine Serie?«, fragt Trevor verblüfft, was ihm nur einen bösen

Blick einfängt.

»Tschüss, hab dich lieb!« Sie gibt Amy einen Kuss auf die Wange und zieht Trevor hoch.

»Ihr wollt schon gehen?«, frage ich, während Amy ihre Freundin nur panisch anschaut.

Hollie zwinkert uns zu, ehe sie meinen besten Freund hinter sich herzieht. Im letzten Augenblick dreht sie sich nochmal um und ruft: »Ihr werdet auch ohne uns Spaß haben.« Genau das ist es, wovor ich Angst habe.

Wir liegen auf der Decke, die bis eben noch um Amys Schultern hing, und starren in den Himmel. Man kann kaum etwas erkennen, da die Wolken sich vor die Sterne geschoben haben, aber niemand von uns wagt es, sich wegzudrehen. Dafür sind wir uns viel zu nah.

»Weißt du, dass ich schon ein wunderschönes Bild von dir besitze?«, flüstert sie in die Stille hinein.

Ich hebe eine Augenbraue.

Sie lächelt, dass kleine Grübchen in ihren Wangen entstehen. »Ja. Als wir Schnorcheln waren. Du siehst da süß, männlich und sehr sexy aus.«

Ihre Finger liegen nur einige Sandkörner von meinen entfernt. Wir hätten uns vorhin verabschieden sollen. Sie hätte mit Hollie und Trevor mitgehen sollen. Wir hätten nicht alleine bleiben dürfen. Amy dreht sich in meine Richtung, als hätte sie meine Gedanken gehört. Ich drehe mich ebenfalls, sodass wir nicht mehr den Himmel, sondern uns ansehen. Noch besser. Beinahe gleichzeitig lassen wir den Blick hinab zu unseren Händen gleiten. Ihre Finger tasten sich langsam vor, streichen über die Innenseite meiner Haut, wandern zu den Fingern, gegen die sie sich pressen. Wir halten nicht Händchen. Wir lassen sie sich gegenseitig erkunden. Sie strecken sich, streicheln sich. Es ist merkwürdig, weil ich vorher nie so darauf geachtet habe, was meine Hände machen, aber gleichzeitig lässt es meinen Puls rasen. Konzentriert lausche ich ihrem Atem und frage mich, wann ich so ein Weichei geworden bin. Normalerweise hätte ich sie jetzt längst mit ihrem Prachtarsch auf mich gezogen, hätte sie ausgezogen oder sie zumindest geküsst. Aber ich liege nur hier und werde beinahe wahnsinnig, weil sich unsere Finger berühren. Mein früheres Ich würde die Augen verdrehen. Vielleicht würde es mich einen Schlappschwanz nennen. Aber so fühle ich mich keineswegs.

»Woran denkst du?«, fragt sie flüsternd und rutscht näher an mich heran, sodass ich mich zwingen muss, mir ihre Frage wieder ins Gedächtnis zu rufen. »Ehrlich?«

»Ehrlich«, antwortet sie lächelnd, ehe sie den letzten Schritt macht und unsere Hände komplett miteinander verschränkt. Ich sehe in ihrem Blick, dass das hier für sie ebenso neu ist wie für mich, aber ich kann den Sturm in meinem Innern nicht länger zurückhalten. »An deinen Prachtarsch.«

Sie reißt die Augen auf. »Echt?« Zu meiner Überraschung klingt sie nicht so, als würde sie mir gleich eine runterhauen wollen.

»Ja echt.« Ich schlucke hart.

»Und was genau hast du dir damit vorgestellt?«, fragt sie leise. Ihr Blick liegt unbeweglich auf meinen Augen und gehen mir durch und durch.

»Dass ich ihn normalerweise längst auf mich drauf verfrachtet hätte.« Ihr Atem stockt.

Das Heben und Senken ihrer Brust wird schwerfälliger. »Ach ja?«

»Ja.« Ich bringe keine ganzen Sätze mehr heraus, weil mein ganzes Blut aus dem Hirn verduftet ist und sich in meinem Schwanz versammelt hat. Meine Augen gleiten an ihrem Körper hinab, der so nah an meinem ist, dass ich nur tief einatmen müsste, um ihn zu berühren. Bevor sie etwas erwidern kann, spüre ich, dass kalte Regentropfen auf uns herabrieseln. Ich springe auf, ziehe die Decke und Amy mit mir in den Stand und sprinte gemeinsam mit ihr zu meiner Hütte. Ich habe keine Kontrolle mehr über mich selbst und noch bevor die Decke den Boden berührt, habe ich meine Hände um Amys Gesicht geschlossen und es an meines gezogen. Es ist nicht ansatzweise der Kuss, den ich mir wünschen würde, aber ich kann und will sie nicht überrumpeln. Mit geschlossenen Lippen stehen wir verschlungen auf meiner Terrasse. Ihre Lider schließen sich flatternd, als sie realisiert, was passiert und ihre Arme um meine Taille legt. Erst eine Ewigkeit später löst sie sich von meinem Kuss und legt ihre Wange an meine Brust. »Er hatte Recht«, flüstert sie und schluckt. Ich kann ihre schwere Atmung an meiner Hand spüren, die nun an ihrem Hals liegt. Sie sieht hoch.

»Womit?«, frage ich sanft, und kann nicht aufhören, mir ihr wunderschönes Gesicht einzuprägen.

»Dass ich mich wie eine Schlampe benehme.«

Ich zucke zusammen. »Nein, Amy. Denk sowas nicht! Du benimmst dich nur wie eine Frau, die einen beschissenen Ehemann hat und sich nach Liebe sehnt. Ich kann mich glücklich schätzen, dass ich sie dir geben darf.«

Eine einzelne Träne läuft ihr über die Wange, aber es breitet sich ein kleines Lächeln auf ihren Lippen aus. Lippen, die ich die nächsten Tage und vor allem Nächte nicht mehr aus dem Kopf bekommen werde. Meine Hände wandern an ihrem Hals hinab, streifen ihre Schultern, streicheln ihre Arme, bis sie ihren Platz an Amys Hüften gefunden haben. Ich presse sie gegen die Holzwand meiner Hütte, während der Regen prasselnd auf das Dach hinabfällt. Donnergrollen ertönt ganz nah an uns, als ich mich wieder gegen sie lehne. Blitze erhellen den Horizont, sobald mein Mund ihren wiederfindet. Stöhnend wirft Amy die Arme um meinen Hals. Sie akzeptiert meinen Kuss, will ihn, verlangt sehnsüchtig nach mehr. Ich öffne unsere Lippen, lasse unsere Zungen einander erkunden, sich erforschen, bis sie ein wildes Spiel miteinander treiben. Amys Hüften drängen sich an meine, bevor ich meine Hände weiter hinabgleiten lasse. Bis sie an ihrem Arsch landen und ich sie mit einem Ruck hochhieve. Instinktiv schlingt sie ihre Beine um meine Hüfte. Ich stöhne ihr in den Mund, weil sich alles, was sie mit mir anstellt so gut anfühlt. Weil meine Gedanken immer schmutziger werden und ich mir ausmale, was ich mit ihr anstellen kann. Ich bin mir sicher, dass sie die Härte in meiner Hose spürt. Immer wieder reibt sie sich daran und bringt mich damit beinahe um den Verstand.

Ich unterbreche den Kuss, weil ich sonst platzen würde. »Gott, Amy! Du bist der Wahnsinn!« Mein Herz rast wie verrückt, meine Hose ist so unendlich eng und sie … sie lehnt den Kopf rückwärts gegen das kalte Holz.

Ich küsse ihren Hals, der sich so auffordernd in all seiner Pracht vor mir erstreckt. Immer wieder, immer fester dränge ich sie gegen die Wand, um sie an ihrem Arsch dann wieder näher an mich zu pressen. Das, was wir tun ist kein Sex, aber man könnte es beinahe so bezeichnen!

»Ich muss jetzt nach Hause«, winselt sie, muss aber immer wieder Pausen zwischen ihren Worten machen.

»Das wäre wohl besser«, antworte ich, sie immer noch küssend. Sie keucht und mein Herz macht einen Hüpfer.

»Also lässt du mich gehen?«, fragt sie. Ihre Lider sind halb geschlossen, aber ihr Blick ist intensiv. Ich weiß, dass ich nein sagen könnte. Dass ich sie überreden könnte, bei mir zu bleiben. Dass ich weitermachen könnte und wir eine unvergessliche Nacht miteinander erleben würden, aber das wäre nicht fair. Nicht nach dem heutigen Tag.

»Nur, wenn du mir versprichst, dass du mich nicht vergisst«, necke ich sie, obwohl auch ein Hauch wahre Angst dahintersteckt. Ich wüsste nicht, wie ich reagieren würde, wenn sie mich nach diesem Tag nicht mehr sehen will.

Aber meine Ängste scheinen völlig unbegründet zu sein. Sie lächelt und streicht mir über die Brust, während sie ihre hammergeilen Beine wieder von mir hinabsinken lässt. »Selbst, wenn ich wollte, könnte ich es nicht verhindern.«

Kapitel 8

Amy

Ich bin völlig durchnässt, liebestrunken, aber auch voller Schuldgefühle. Das Knistern zwischen uns war nicht mehr zu leugnen. Egal, wie sehr ich mir einreden wollte, dass ich für diesen Mann nichts empfinde, ich kann es nicht länger. Viele Leute sprechen von der Liebe auf den ersten Blick, andere halten es für eine Illusion. Ich weiß nicht, was stimmt, aber ich weiß, was ich fühle. Und ich weiß, dass es mich innerlich zerreißt, weil ich mir jede Sekunde wünsche, dass ich Sean vor sieben Jahren kennengelernt hätte. Immer noch kribbeln meine Lippen in der Erinnerung an diesen Kuss. Diesen unbeschreiblichen Kuss. Ich hebe meine Hand und lasse meine Finger langsam über sie streichen. Immer noch kann ich nicht glauben, was passiert ist. Kann nicht verstehen, wie es passiert ist. Ich habe meinen Mann betrogen und jetzt stehe ich vor unserer Haustür und denke das erste Mal seit Jahren darüber nach, mich von ihm scheiden zu lassen. Egal, was er mir angetan hat und wie sehr er mich verletzt hat, nie zuvor habe ich einen Gedanken daran verschwendet, ihn zu verlassen. Es wird nicht einfach, das weiß ich, aber ich kann mir nicht mehr vorstellen, wie ich bei ihm bleiben soll. Jetzt, wo sich diese Bilder von Sean in meinem Kopf festgesetzt haben. Ich nehme meinen ganzen Mut zusammen und öffne die Haustür. »Jared?« Meine Stimme klingt brüchig, also räuspere ich mich. Wenn ich das hier wirklich durchziehen will, muss ich energisch sein. Er darf mich nicht wieder einlullen. Auf leisen Sohlen schleiche ich mich durch die Zimmer, als wäre ich ein Einbrecher. Wieder rufe ich seinen

Namen, da höre ich etwas im Wohnzimmer zerbrechen.

»Amy?« Mein Herz klopft wild, während ich Jared Stimme folge und ich erstarre, sobald ich ihn entdecke. Wie ein Tröpfchen Elend hockt er auf dem Boden neben unserer Bibliothek und versucht sich an dem Regal hochzuziehen. »Du bist zu mir zurückgekommen« lallt er und streckt die Arme zu mir aus. Seine Stimme klingt bröcklig und sein ganzer Körper bebt. Ich kämpfe mich aus meiner Starre und stürme auf ihn zu. Jared ist betrunken und er weint. Weder das eine noch das andere habe ich seit Jahren bei ihm gesehen.

»Was machst du denn?«, frage ich sanft, zu liebevoll, und umfasse seine Schultern. Seine Augen sind blutunterlaufen und tiefe Falten durchziehen sein sonst so schönes Gesicht. Jared sieht um Jahre gealtert aus. Schluchzend umschließt er meinen Oberkörper, zieht ihn zu sich heran und vergräbt sein Gesicht an meinen Hals, sodass sich seine Tränen mit dem Regen auf meinem Shirt vermischen. »Ich dachte, du hättest mich verlassen. Es tut mir so leid, mein Schatz! Glaub mir!«

»Es ist schon okay, Jared«, wispere ich und ignoriere das schlechte Gewissen, das sich wie eine tonnenschwere Last auf mein Herz legt.

»Ich liebe dich. Ihr seid nur Freunde, oder?«

Ich will ihm gestehen, wie sehr ich mich zu Sean hingezogen fühle. Dass ich bei ihm nach all den Jahren endlich wieder glücklich sein kann. Doch dann sieht Jared mich aus diesen treuen, zerbrochenen Augen an und ich kann es nicht. Was würde er ohne mich tun? Er sagt mir immer wieder, dass ich alles bin, was ihn am Leben hält. Wie kann ich so egoistisch sein und ihn seinem Schicksal überlassen? Ich weiß selbst, wie dumm ich bin. Ich weiß, dass ich etwas Besseres verdient habe. Ich weiß es! Aber Jared und ich sind so lange zusammen. Wie könnte ich ihn nach allem, was wir durchgemacht haben, verlassen? In guten wie in schlechten Tagen.

Wie konnte ich das vergessen?

»Wir sind nur Freunde.«

Es ist jetzt zehn Tage her, dass ich Sean zum letzten Mal gesehen habe.

Ich sitze auf meinem Bett und suche nach geeigneten Hotels in Disney World, während Hollie in meinem Ankleidezimmer ein Kleid nach dem anderen anprobiert.

»Eine positive Sache hat es zumindest, einen reichen Kerl zu heiraten!«, ruft sie euphorisch, als sie mit einem knappen Pradakleid aus dem Zimmer stolziert. Ich grinse breit, weil sie zwar bezaubernd aussieht, es aber absolut nicht ihr Stil ist.

»Ach es hat auch noch andere Vorteile«, sage ich und krame eine Kiste unter meinem Bett hervor, in der ich alle meine Kameras verstaut habe. Viele davon sind so schweineteuer, dass ich es kaum wage, sie zu benutzen. Hollie staunt nicht schlecht, als sie sich im Schneidesitz auf den Boden hockt – obwohl das Kleid das eigentlich nicht zulässt – und die Kiste inspiziert.

»Trotzdem ist er mir nicht ganz geheuer.«

»Jared?«

»Hast du etwa noch einen anderen Mann mit viel Kohle?«, fragt sie und wackelt mit den Augenbrauen. Sie deutet auf Sean hin, aber ich ignoriere ihren Wink.

»Ach, weißt du … Er ist kein schlechter Mann. Er war das sechste Kind einer Familie und hatte nie etwas nur für sich. Er hat halt Verlustängste. Aber eigentlich ist er kein schlechter Mann.«

Sie stemmt die Hände in die Taille und springt auf, um weiter in meinem Schrank zu schnüffeln. »Das sagtest du bereits, Süße. Trotzdem ist er seltsam. Was ist denn mit unserem heißen Surflehrer und dir? Da lief doch was! Das hat sogar ein Blinder gesehen.« Ich antworte nicht, starre nur weiter auf den Bildschirm. »Ha! Du wirst sogar jetzt noch rot!« Verdammt! »Aber, wenn da nichts ist, willst du auch sicher nicht wissen, was er mir für dich mitgegeben hat?« Sofort ist meine Recherche vergessen. Mein Blick ruckt hoch zu ihr. Hollie lehnt unbeteiligt am Türrahmen und dreht einen Umschlag in ihren Händen, als überlege sie noch, ob sie ihn mir überhaupt geben will.

Hastig lege ich den Laptop neben mir aufs Bett, springe hoch und laufe auf sie zu. »Nun gib schon her«, murmle ich. Hollie dreht sich nur kopfschüttelnd wieder um. Um meine Neugierde noch ein wenig auszuschöpfen und das prickelnde Gefühl ein bisschen länger zu genießen, suche ich mir erst eine gemütliche Position auf dem Bett und begutachte den Umschlag von allen Seiten. Erst, als ich nichts daran entdecke, öffne ich ihn mit wild klopfendem Herzen. Sobald ich den Inhalt rausziehe, muss ich laut lachen. Er hat die Bilder von seinem Handy entwickeln lassen. Auf den meisten macht er irgendwelche bescheuerten Posen, manche von den Bildern kenne ich aber noch nicht und mein Blut beginnt zu kochen. Diese Bilder habe ich ganz eindeutig nicht von ihm geschossen!

Ein Brief liegt dabei, den ich jetzt mit hochrotem Kopf auseinanderfalte.

Weil du auf meine Nachrichten nicht antwortest und ich in meinen Träumen vergebens auf dich gewartet habe, habe ich Hollie den Auftrag gegeben, dir diesen Brief

und die Bilder zu bringen. (Ich hoffe sehr, dass sie nicht die Besten selbst behalten hat)
Ich wollte dir zeigen, WIE ein Mann fotografiert werden soll. Das ist doch sexy,
stark und männlich, oder? Ja gut, es war vielleicht auch einfach ein verzweifelter
Versuch, deine Sehnsucht nach mir zu verstärken, sodass du wieder Zeit mit mir
verbringen willst.
Ich vermisse dich nämlich, Amy.
Viel Spaß mit den Bildern. Wie auch immer der aussieht. Du darfst es mir gerne
in einem Brief beschreiben, wenn du willst? Nur so eine Idee.
Ich hoffe sehr, dass du mich nicht vergessen hast, denn ich kann es nicht. Und wenn
es eine Ewigkeit dauert, bis du zurückkommst. Ich warte auf dich. Für immer.
Dein Sean

Tief seufzend lasse mich rückwärts auf das Kissen fallen.

»Ich habe übrigens keine Bilder selbst behalten, sie mir aber gründlich angesehen!«, ruft Hollie aus dem Schrank heraus. »Und wenn du nicht auf Frauen stehst, dann solltest du schleunigst deine Tore für ihn öffnen, wenn du verstehst, was ich meine. Das ist heiß!«

Es gefällt mir irgendwie überhaupt nicht, dass Hollie so über Sean denkt, obwohl ich weiß, dass sie das hauptsächlich sagt, um mich mit ihm zu verkuppeln.

Nachdem Hollie sich einige der Klamotten, in die sie sich verliebt hat – und die ich ohnehin nicht mehr anziehe – unter den Nagel gerissen hat, ist sie verschwunden. Sie hat einen neuen Job in einem Altenheim angenommen und ist Feuer und Flamme. Man würde es ihr nicht zutrauen, aber Hollie kann gut mit alten Menschen und Kindern. Das konnte sie schon früher. So habe ich sie ja überhaupt erst kennengelernt.

Als sie weg ist, ist das Haus wieder so unfassbar still und leer. Alleine halte ich es hier drin nicht länger aus und gehe in den Garten. Der Himmel ist schon den ganzen Tag von dunklen Wolken bedeckt und ein starker Wind weht mir die Haare durchs Gesicht, sodass ich sie notdürftig in meinem Nacken zu einem unordentlichen Knoten binde. Mit nackten Füßen laufe ich zu seinem Baum und lege mich neben ihm auf den Boden. Mit geschlossenen Lidern liege ich eine Weile da, bis Bilder vor dem inneren Auge auftauchen und ich beginne, Geschichten zu erzählen. Zum Glück ist hier keine Menschenseele, denn diese würde mich sicher in die Klapse stecken. Sogar Jared würde mich für völlig übergeschnappt halten.

Ich erzähle von Prinzessinnen, die in ihren Schlössern gefangen gehalten werden. Von Prinzen, die auf ihren Surfbrettern zu Hilfe eilen. Von verrückten Elfen, die nur Unsinn im Kopf haben. Binnen kürzester Zeit habe ich mich so in Rage geredet, dass ich kaum mitbekomme, dass ich nicht mehr alleine bin. Erst als etwas – oder besser gesagt jemand – sich seitlich an mich legt, schrecke ich schreiend hoch. »Sean?!«, rufe ich hysterisch und versuche, meine Atmung wieder zu normalisieren. »Was zum Teufel machst du hier?«

Er rutscht noch ein bisschen näher an mich heran. »Ich komme der Prinzessin zu Hilfe, was sonst?«

Ich stehe auf und klopfe den Dreck von meinen Beinen. »Ich brauche keine Hilfe. Sehr nett von dir.«

Sean lässt sich allerdings nicht von mir beirren und kommt mir wieder näher, sodass ich rückwärts ausweichen muss, wenn ich nicht wieder viel zu nahe an ihm sein will. Und das will ich nicht. Weil ich weiß, dass es das nur schwerer macht.

»Ach nein? Für mich hat sich das aber ganz so angehört, als bräuchtest du ganz dringend starke Arme, die dich retten.«

Ich schnalze mit der Zunge, als ich mit dem Rücken an der Wand unseres Gartenhäuschens anstoße. Die letzten Tage waren okay. Sie waren nicht so gut wie mit ihm, aber es war eindeutig einfacher. Diese ganzen Gefühle, die auftauchen, wenn ich Zeit mit ihm verbringe, lassen mich nachts nicht schlafen und begleiten mich jeden verdammten Tag. »Falls du denkst, dass ich auf Bad Boys stehe, dann irrst du dich.« Ich recke das Kinn, das er mit einer schnellen Bewegung schnappt und festhält, sodass sein Gesicht sich meinem nähern kann, obwohl ich es ihm entziehen will. Zumindest sollte ich es wollen.

»Dafür hast du ja deinen Mann, stimmt´s? Ich bin hier nicht der Böse. Ich bin der Gute mit den verbotenen Absichten«, stellt er mit dunkler Stimme klar. Seine Augen fixieren mich. Bevor ich mich versehen kann, hat er mich enger an die Wand gedrängt. Seine Lippen sind sofort auf meinen, drängen sie auseinander. Er ist ausgehungerter als bei unserem ersten Kuss und auch ich habe keine Lust länger zu warten. Ich will ihn. Ob ich es nun darf oder nicht. Wie von selbst schlingen sich meine Beine um ihn, pressen meine Mitte enger an seinen Schritt, der schon bereit für mich ist. Sein Kuss ist stürmisch, gierig. Unsere Zungen spielen miteinander, lernen sich genauer kennen. Ein Stöhnen entfährt meiner Kehle, als Sean seine Hüfte kreisen lässt. Er ist so hart – nur für mich. Ich glaube, ich war noch nie in meinem Leben so begierig auf jemanden, wie in diesem Augenblick auf ihn. Es ist mir egal, ob es gut ist. Ich weiß, dass er gut sein wird. Und ich habe keine Lust, länger darauf zu warten. »Lass uns hier rein!«, stöhne ich außer Atem und deute auf das Häuschen hinter mir. Sean zögert keine Sekunde. Er trägt mich um die Ecke, sein Mund findet den Weg zu meinen Schultern, meinem Hals, während er die Tür hektisch öffnet und schnellstens wieder hinter uns schließt. »Ganz schön heiß hier drin«, knurrt er mit einem lasziven Grinsen, was mich dazu bringt, ihn gleich wieder schmecken zu wollen.

»Dann musst du dich wohl ausziehen«, schlage ich vor. Ich frage mich, wo diese Seite von mir plötzlich herkommt, aber Sean schafft es, jede meiner Seiten zum Vorschein zu locken.

»Ich würde viel lieber dich aus diesen unbequemen Klamotten schälen.« Er stellt mich auf dem staubigen Boden ab und geht einen Schritt zurück, um mich zu mustern. Zufrieden lächelnd zieht er mich wieder an sich und streicht mir über die Haare, hinunter zu meinem Hals, meine Arme abwärts zu meinen Händen, die er sich auf die Brust legt, um wieder mit seiner Reise fortzufahren. Seine Finger haken sich unter den Bund meiner Jeans und streichen von der Seite langsam nach vorne. Ich spüre, wie sich meine ganze Mitte zusammenzieht. Begierig presse ich meine Beine zusammen, um das Verlangen im Zaum zu halten. Mit geschickten Fingern öffnet Sean den Knopf und Reißverschluss und lässt die Hose beinahe andächtig zu Boden gleiten. Seine Finger finden denselben Weg wieder nach oben, nur, dass sie jetzt innen entlang streichen. Als sie meine Oberschenkel weiter emporklimmen, ziehe ich scharf die Luft ein, aber bevor sie meine empfindlichste Stelle erreichen können, entfernt Sean sie wieder. Er grinst mich frech an.

»Nicht so schnell.« Ich werfe ihm einen verzweifelten Blick zu, lasse aber zu, dass er mich wieder küsst. Währenddessen wandern seine Hände unter meinem Shirt immer höher, bis sie meinen BH finden und diesen gekonnt öffnen. Mitsamt des T-Shirts zieht Sean ihn mir über den Kopf. Bis auf das

Höschen stehe ich nackt vor ihm. Seine Blicke und Berührungen entfachen ein Feuer auf meiner Haut, in meinem Körper. Sehnsüchtig ziehe ich auch ihm das Shirt über den Kopf und streichle andächtig über seine schön geschwungenen Muskeln. Sean ist braun gebrannt und könnte glatt einem Modemagazin entsprungen sein. Ich grinse lasziv und quäle ihn genauso, wie er es eben bei mir gemacht hat. Ich umkreise den Rand seiner Hose, gehe vor ihm in die Hocke und sehe von unten zu ihm hoch, als ich den Knopf ganz langsam öffne. »Gott Amy, sieh mich nicht so an!«

»Nicht?«, frage ich unschuldig.

»Doch! Doch bitte schau mich weiter so an!«, bettelt er und umklammert meine Hände, die sich nicht mehr bewegen. Er hilft ihnen, seine Hose runterzulassen und strampelt sie mitsamt seinen Schuhen und seiner Boxershorts schnell von sich weg. Obwohl ich das schon so lange nicht mehr gemacht habe, umfasse ich seinen Schaft und bewege meine Hand langsam vor und zurück. »Fuck, Amy!« Sean scheint es nicht länger abwarten zu können. Er fasst mich an den Schultern, zieht mich zu sich hoch und legt seine Hände an meinen Arsch um mich wieder hochzuhieven. Hektisch sieht er sich um und entdeckt die Kissen der Liegestühle. Während ich immer noch an ihm hänge, schmeißt er sie zu Boden und legt mich sanft darauf hinab. Langsam bugsiert er sich auf mich, küsst mich leidenschaftlich, erkundet meinen Körper mit seinen Händen, dann mit seinen Lippen. Immer weiter wandert er hinab. Er beißt mir leicht in das empfindliche Fleisch an meiner Brust. Nimmt meine Brustwarzen in den Mund und saugt daran, sodass ich ihm meinen Oberkörper entgegenbäume. »Gott, Sean!«

»Was, Baby? Was willst du?«

»Alles! Ich will alles von dir!«, stöhne ich laut und dränge ihm mein

Unterleib entgegen. Presse mich gegen seine Härte und reibe mich daran, bis er es nicht mehr aushält und ich das Aufreißen des Kondompäckchens höre.

Die letzte Grenze, die zwischen uns herrscht, ist schnell verschwunden und ich kann ihn endlich in all seiner Pracht spüren. Er beugt sich näher zu meinem Ohr. »Du siehst heute übrigens wunderschön aus.« Mit diesem Satz dringt er in mich ein. Füllt mich komplett aus. Hindert mich daran, normal weiter zu atmen. Meine Fingernägel krallen sich in seinen Rücken, was ihn zum Stöhnen bringt. »Stehst du auf Schmerzen?«, ächze ich atemlos.

»Baby, ich stehe auf alles, was du mit mir machst.« Allmählich beginnt er sich in mir zu bewegen. Erst langsam, dann immer schneller. Immer fester. Immer tiefer. Ich spüre ihn überall. Immer wieder zieht er sich aus mir zurück, um dann nur wieder quälender zuzustoßen. Seine Hände vergraben sich in meinem Haar, legen sich um den Knoten in meinem Nacken und ziehen sanft daran, sodass ich ihm meinen Hals entgegenstrecken muss. Sein heißer Atem trifft stockend auf meine Haut und hinterlässt eine Gänsehaut, obwohl mein ganzer Körper brennt. Schnell finden wir unseren Rhythmus, wissen, wie wir uns perfekt ergänzen können. Zusammen kommen wir unserem Höhepunkt entgegen. Ich greife nach seinen Händen, öffne die schweren Lider, um ihm in die Augen zu sehen. Ich will ihn komplett erleben. Bewusst. Ich schreie meinen Orgasmus heraus, während auch Sean sich ein letztes Mal enger an mich drängt.

Immer noch nackt liege ich seitlich über Sean und zupfe leicht an seinen Barthaaren. Seine Hand hinterlässt kreisende Bewegungen auf meinem

Rücken. Als ich mich seufzend näher an ihn schmiege, lächelt er mich liebevoll an und drückt mir einen Kuss auf die Stirn. »Wie soll ich heute Abend die Hände nur von dir lassen?«

Irritiert sehe ich ihn an. »Heute Abend?«

Er setzt sich auf und schnappt sich sein Shirt, um es sich wieder über den Kopf zu ziehen. Ich mache es ihm gleich. »Du weißt nichts davon? Jared hat uns eingeladen. Er will wirklich unbedingt in die Kanzlei meiner Mutter.«

»Wieso hast du mir das nicht gesagt?«, frage ich und kann nicht glauben, dass er mir das verschwiegen hat. Wie soll ich denn nach dem hier heute Abend mit ihm und meinem Mann gemeinsam an einem Tisch sitzen?

»Wann hätte ich es dir sagen sollen? Vor oder während dem Sex?«

»Vorher … glaube ich. Oh Sean, keine Ahnung! Er wird doch sicher etwas merken!« Während ich versuche, wieder in meine Shorts zu kommen, zieht Sean mich zu sich herab auf seinen Schoß.

»Ich werde ihm nichts sagen, solange du nicht bereit dazu bist.« Sanft streicht er über meine Wange und zieht mein Gesicht zu einem liebevollen Kuss zu sich heran. Seine Nähe macht mich schwach. Viel zu schwach! Ich sollte auf der Stelle gehen und ihn davon abhalten, herzukommen, aber ich sehne mich viel zu sehr danach, ihn zu sehen. Zehn Tage ohne ihn. Wie konnte ich auch nur denken, dass sie okay waren. Die Sehnsucht nach ihm hat mich Stündlich eingeholt. Nur Jareds gute Laune hat dafür gesorgt, dass ich mit der Trennung umgehen konnte. Ich habe versucht, ihm eine gute Frau zu sein. Die Frau, die er verdient. Aber ich habe versagt, sobald ich wieder in Seans Bann gezogen wurde. »Versprich mir, dass du dir nichts anmerken lässt.«

Er nickt und küsst erst meinen Mundwinkel, bevor er sich weiter hinunter bis zu meinem Dekolleté vorarbeitet. »Ich verspreche dir, dass ich versuchen werde, meine Finger von dir zu lassen.«

Sean war noch nicht lange weg, als Jared nach Hause kam. Mein schlechtes Gewissen stellte sich nicht so schnell ein, wie ich gedacht hatte. Um genauer zu sein, habe ich immer noch kein schlechtes Gewissen. Ich bin viel zu wütend, dass Jared Sean und Miranda eingeladen hat, ohne mit mir darüber zu sprechen.

»Hast du etwas bestellt?«, frage ich, nachdem er mir endlich davon erzählt.

»Nein, ich dachte mir, dass du heute etwas kochen könntest. Das liebst du doch so sehr«, sagt er, gibt mir einen Kuss auf die Schläfe und schlägt eine Seite in dem Kochbuch auf, eher er sich auf dem Hocker neben der Arbeitsfläche niederlässt.

»Das war früher«, murmle ich. »Ich habe schon seit Ewigkeiten keine aufwändigen Gerichte mehr gekocht.«

Er verdreht die Augen. »Liebling, ist das tatsächlich zu viel verlangt? Ich tue so viel für dich, da kannst du mir doch auch nochmal zeigen, dass du mich liebst, oder nicht?« Er deutet auf das Rezept und die Zeitangabe. »Aber du müsstest jetzt bald anfangen. In zwei Stunden kommen die beiden.«

»Wieso hast du Sean überhaupt mit eingeladen?«, frage ich und tue so, als wäre es höfliches Interesse.

Jared seufzt. »Seine Mutter vertraut auf seine Meinung und ich glaube, ich habe keinen besonderen Eindruck bei ihm hinterlassen.« Er steht auf, knöpft sich sein Jackett zu. »Du hast mir versichert, dass ihr nur Freunde seid. Auch, wenn ich das nicht gutheiße, akzeptiere ich es. Du solltest mir dankbar sein.« Er streicht mir kurz übers Haar, als wäre ich ein Hund und lässt mich in der Küche zurück.

Jared hatte Recht, ich habe immer gerne gekocht und jetzt, wo er mich ins kalte Wasser geschmissen hat, merke ich, wie sehr mir diese Selbstständigkeit gefehlt hat. Vielleicht hat er mich nur dazu gebracht, um vor Miranda mit meinen Kochkünsten anzugeben, aber im Endeffekt ist es mir egal. Weil mir jedoch völlig die Übung fehlt, brauche ich länger als angegeben für das Gericht, sodass mir am Ende nur noch zehn Minuten bleiben, um mich zurechtzumachen. Schnell frische ich mein Make-Up auf, ehe ich in ein enges rotes Kleid schlüpfe. Ich bin mir sicher, dass Sean es gefallen wird, aber viel wichtiger ist, dass es mir gefällt.

Noch während ich den Reißverschluss hochziehe, erscheint Jared in meinem Zimmer. »Bist du soweit? Sie sind da.« Er richtet sich in seiner vollen Größe auf und streicht sich den Anzug glatt, der viel zu schick für heute Abend ist. Ich folge ihm nach unten, wo Sean und Miranda bereits auf uns warten. Sie sehen beide zu uns hoch, als wir die Treppe hinabsteigen. Seans Blick spüre ich ganz tief in meinem Bauch. Er mustert mein Gesicht, folgt dem Schwung meiner Haare, welche mir wie eine wellige Mähne an einer Seite über die Schulter fallen.

Ich begrüße erst Miranda und dann Sean.

»Du siehst gut aus, Amy«, sagt Sean, legt aber nichts Anzügliches in seine Stimme. Mit einem Blick zu Jared, sehe ich, dass er uns skeptisch mustert. Ich lächle leicht und gehe vor in das Esszimmer.

Nach dem Essen verziehen wir uns in den Wintergarten, in dem eine cremefarbene Couch, passende Sessel und ein kleiner Couchtisch stehen. Mit ein paar Blumen habe ich versucht, den Raum bewohnbar zu machen, obwohl er wie über die Hälfte unserer Villa, die meiste Zeit leer steht.

Sean würdigt mich schon den ganzen Abend keines Blickes, was mich ein bisschen fuchsig macht, weil ich meine Augen nicht von ihm lassen kann. Er sieht immer wahnsinnig gut aus, aber heute scheint er richtig zu strahlen. Ich finde, man sieht ihm den Sex an, und ich frage mich, ob er auch bei mir erkennbar ist. Unauffällig berühre ich meine Wangen, die heute Abend ganz besonders rosig aussehen. Sobald Sean redet, beginnt mein Herz wie wild in dem Takt seiner Stimme zu schlagen. Mein Körper reagiert auf seinen, als kenne er ihn bereits in- und auswendig. Sobald er sich erhebt, will auch mein Körper aufstehen und ihm folgen. Er schließt den Knopf seines Jacketts, das er mit einem lässigen Shirt und einer Jeans kombiniert hat, und entschuldigt sich kurz.

Ich folge den Gesprächen schon lange nicht mehr, aber als Sean zur Toilette verschwunden ist, habe ich keine andere Beschäftigung mehr und versuche, mit Jared und Miranda ins Gespräch zu kommen. Da ich aber von dem ganzen Anwaltszeug nichts verstehe, will ich ihnen von den Plänen meiner Organisation erzählen. »Wusstet ihr, dass …«

Jared wirft mir einen mahnenden Blick zu. »Wir unterhalten uns, Liebling. Unterbrich uns nicht noch einmal. Bring die Teller weg. Geh in den Garten … oder was weiß ich.« Ohne mich weiter zu beachten, wendet er sich wieder Miranda zu und fährt mit dem langweiligen Geschäftsgespräch fort. Weil das Personal das Geschirr schon längst weggebracht hat, stehe ich auf, streiche mein Kleid glatt und verlasse den Raum. Ich schließe die Tür und lehne mich einen Moment dagegen. Froh, der seltsamen Stimmung entfliehen zu können. Doch dann höre ich ihre Stimmen. Sie reden über mich. »Ein Mann wie Sie könnte eine schicklichere Frau bekommen. Sie mag ja ein liebes Ding sein, doch besonders repräsentativ ist sie nicht.« Jared seufzt und ich kann mir bildlich vorstellen, wie er sich das Haar nach hinten streicht. Ich umklammere das Medaillon um meinen Hals.

»Sie ist so viel jünger als ich. Damals hat das schon einen gewissen Reiz ausgemacht, muss ich gestehen. Sie ist ziemlich labil und ich kann sie in diesem Zustand nicht verlassen. Wir haben eine schwere Vergangenheit, aber sie kann immer noch nicht damit umgehen.« Mein Herz reißt ein weiteres Stück ein. So oft hat Jared Dinge gesagt und getan, die mich verletzt haben, aber nur sehr selten, hat er auch wirklich mein Herz zum Reißen gebracht. In seinen Worten steckt ein Stück Wahrheit und dass er das dieser fremden Frau verrät, ist zu viel. Er sagt dies nur, um ihr Mitgefühl zu wecken. Vielleicht ihre Anerkennung. Mit Tränen in den Augen renne ich den Flur entlang, als jemand mich am Arm packt und in eines der Badezimmer zieht. Seans Grinsen ist tröstend, aber als er sieht, dass ich weine, verändert sich sein Ausdruck schnell. »Hey!«, er umfasst mein Gesicht und hebt es so, dass ich es nicht senken kann. »Was hat er gesagt?«

Ich lächle matt, weil er Jared besser zu kennen scheint als ich. »Er hat mir mal wieder gezeigt, dass er ein Arschloch sein kann.«

»Das weißt du doch schon lange, oder?«, fragt er zaghaft.

Weiß ich es schon lange? Egal, was ich tue, es ist nie gut genug für Jared und doch versuche ich es immer wieder. Anstatt es einfach gut sein zu lassen, will ich erreichen, dass er zufrieden mit mir ist. Er kann nicht so schlecht sein, wenn ich immer noch bei ihm bleibe, oder? Es könnte auch an mir liegen. Vielleicht liegt es einfach an mir …

Wir sehen uns schweigend an und ich erkenne in Seans Blick, dass er mir etwas sagen will. Aber ich sehe auch, dass ich es vermutlich gar nicht hören will.

Er seufzt. »Verlass ihn. Für mich. Für dich.«

Müde löse ich mich aus seinem Griff und denke daran, was Jared gesagt hat. Vielleicht steckt nicht nur ein bisschen Wahrheit darin, sondern viel zu viel. Wir brauchen uns gegenseitig, auch wenn wir uns nicht guttun. »Ich kann nicht.«

»Du kannst ihn doch nicht mehr lieben! Nicht nach allem, was er dir angetan hat!«

»Es ist kompliziert, Sean!«, stoße ich verzweifelt aus. Er geht im Zimmer auf und ab und rauft sich die Haare.

»Das ist deine Antwort auf alles, hm?« Dann stürmt er an mir vorbei und ich höre, wie die Haustür ins Schloss fällt.

Kapitel 9

Sean

Scheiße! Ich werfe mein Board in den Sand und lasse mich frustriert darauf fallen. Ich weiß, dass ich gestern Abend nicht einfach so hätte abhauen sollen. Amy war verletzt und hat geweint! Und ich Vollidiot habe sie einfach alleine gelassen. Ich bin kein Stück besser als ihr beschissener Ehemann! Heute Morgen habe ich eine Nachricht von ihr bekommen, dass es ihr leidtut. Dabei muss ihr überhaupt nichts leidtun. Ich bin derjenige, der sich entschuldigen sollte. Aber vielleicht ist es besser, wenn ich mich einfach von ihr fernhalte. Sie hat mir klipp und klar gesagt, dass sie ihn nicht verlassen wird. Ich habe mich zum Idioten gemacht, als ich sie darum gebeten – regelrecht angebettelt habe.

Also habe ich ihr nicht geantwortet.

Es ist verdammt feige von mir, sie einfach zu ignorieren, aber womöglich ist es im Endeffekt das Beste. Für uns beide.

Doch wieso fühle ich mich, seit ich aufgewacht bin, so furchtbar? Meine Brust scheint zu eng für mein Herz zu sein. Das regelmäßige Stechen zeigt mir, dass ich zu ihr will. Dass ich mich ihr zu Füßen werfen und wie ein Welpe um ihre Gunst betteln will.

Mein Gott, ich erkenne mich wirklich nicht wieder!

»Sean! Mann du gehst mir gewaltig auf den Sack! Seit Tagen siehst du aus, als hätte jemand dir dein Lieblingsspielzeug weggenommen. Reiß dich mal am Riemen! Die Kunden laufen dir davon, wenn du dich nicht bald wieder zusammenreißt.«

Ich gebe einen Brummlaut von mir, der alles Mögliche bedeuten könnte, weil ich einfach keinen Bock auf diese Diskussion habe. Trevor scheint es als Zustimmung aufzunehmen und nickt zufrieden. »Gut. Dann geh jetzt endlich mal wieder duschen! Du stinkst.«

»Ich war heute Morgen duschen, du Arschloch!«

»Dann ist das wohl dein normaler Geruch.« Er grinst.

Ich lehne mich mit geschlossenen Augen gegen das warme Holz meiner Hütte.

»Ich hab dir von Anfang an gesagt, dass diese Aktion nur ein krass großer Haufen Scheiße ist. Hättest du mal besser auf mich gehört.« Ich will gerade zu einer Antwort ansetzen, als eine Stimme meine Aufmerksamkeit erregt.

»Was ist ein Haufen Scheiße?«, ruft Hollie von Weitem und mein Herz macht sofort einen Satz, als ich sehe, dass sie nicht alleine ist. Amy sieht einfach wahnsinnig schön aus. Die langen Haare trägt sie heute offen. Offensichtlich versucht sie, sich dahinter vor mir zu verstecken, aber der seichte Wind weht sie ihr immer wieder über die Schultern zurück. Mit gesenktem Blick folgt sie Hollie. Mein Puls beschleunigt sich immer weiter.

Mein Gott, bin ich ein Weichei! Aber ich würde am liebsten in die Hütte laufen, um mich vor ihr zu verstecken. Sie bleiben vor uns stehen und ich kann meinen Blick nicht von ihr wenden, obwohl sie bisher kein einziges Mal hochgeschaut hat. Hollie grinst breit und wippt auf den Füßen vor und zurück wie ein kleines Kind.

»Gib Trev endlich die Schlüssel und lass uns von hier verschwinden«, brummt Amy ihr zu. Es tut weh, sie so reden zu hören und zu wissen, dass ich selbst schuld bin.

»Schlüssel?«, fragt Trevor verwirrt und zieht eine Augenbraue in die Höhe.

»Na die Schlüssel!«, antwortet Hollie verschwörerisch und reißt ihre Augen auf, als müsse er verstehen.

»Achso. Die Schlüssel!«, spielt Trevor mit, obwohl er offensichtlich keine Ahnung hat. Hollie reicht ihm einen Schlüsselbund, den er mustert und erst Hollie dann mir einen verwirrten Blick zuwirft. Ich zucke nur mit den Schultern. Sollen sie ihr Spiel alleine spielen und mich daraus halten. Ich habe genug andere Probleme, als mich auch noch um ihre seltsame Beziehung zu kümmern.

»Können wir denn jetzt endlich los?«, murmelt Amy in Hollies Richtung.

»Was habt ihr denn heute vor?«, frage ich. Ich versuche so ruhig zu klingen, wie irgend möglich. Amy zuckt zusammen. Mir bricht es das Herz und ich rüge mich selbst, überhaupt etwas gesagt zu haben.

»Oh nein!«, ruft Hollie aus und schlägt sich die Hände vor den Mund. »Ich habe total vergessen, dass ich in einer halben Stunde arbeiten muss! Aber hey! Die Fahrt ist bezahlt. Es wäre doch schade, wenn das umsonst gewesen wäre. Geh doch mit Sean!«

Amys Kopf ruckt hoch und starrt sie entgeistert an. »Sean hat sicher keine Lust darauf«, zischt sie.

»An mir soll es nicht liegen«, antworte ich. Ich weiß nicht, was mich geritten hat. Klar, habe ich mir eingeredet, dass es besser für uns beide ist, keinen Kontakt mehr zu pflegen, dass es einfacher ist, uns voneinander fernzuhalten. Aber wenn sie so vor mir steht, rückt die Vernunft in weite Ferne. Mir doch egal, was besser oder klüger wäre. Wir sind jung. Jetzt ist die Zeit, dumme Entscheidungen zu treffen.

Wenn Blicke töten könnten, wäre ich soeben von Amys Blick in tausend Stücke zerpflückt worden. Sie sieht verdammt sexy aus, wenn sie so wütend schaut.

»Von mir aus«, presst sie hervor und geht in die Richtung, aus der die beiden gekommen sind. Hollie wedelt mit den Händen, dass ich ihr folgen soll und das tue ich dann auch.

»War sie auch so unausstehlich wie er?«, höre ich Trevor noch fragen, bevor ich bei Amy ankomme. Wir schweigen den gesamten Weg bis zum Hafen. Die Spannung ist so überdeutlich spürbar, dass die Leute, die uns entgegenkommen, Platzmachen sobald sie uns sehen. Wie gerne würde ich Amy jetzt einfach in den Arm nehmen. Sie an mich ziehen und mich für alles entschuldigen. Aber mein Ego hindert mich daran.

Als wir vor einem Segelschiff ankommen, sage ich Amy, sie soll schon einmal vorgehen. Sie antwortet nicht, steigt aber die Treppe hoch. »Wieviel kostet es, wenn ich selbst fahre?«, frage ich den Kapitän, der mich nur verwundert ansieht.

»So ist es gebucht.« Er sieht auf seinen Zettel. »Sean Harris?«

Ich nicke und muss mir ein Grinsen verkneifen. Hollie, das kleine Luder. Trevor muss ihr irgendwann gesteckt haben, dass ich den Bootsführerschein habe. Stumm danke ich ihr und hieve mich auf das Boot.

Die Wellen schlagen an den Bug des Bootes und sprühen uns winzige Tropfen ins Gesicht. Es dauerte einige Zeit, bis sich die Spannung zwischen Amy und mir gelöst hat. Wie vorher ist es zwar immer noch nicht, aber ihr Gesicht ist weniger angespannt, während sie sich in der unendlichen Weite des Meeres umblickt. Wir sind einige Zeit gesegelt und haben nur die erste halbe Stunde hier und da andere Boote gesehen. Hier sind wir völlig alleine. Ich habe in der Koje einen Korb entdeckt, in dem unser Mittagessen vorbereitet ist. In diesem seichten Wasser bewegen wir uns nur leicht vorwärts. Ein kaum merkbares Auf und Ab des Schiffes, das leise Plätschern des Wassers und die kaum hörbaren Geräusche des Windes begleiten diesen Tag. Die Sonne steht hoch und es ist höllisch warm. Ich stelle den Korb vor Amys Füße, die sich mit den Händen an dem Geländer festgekrallt hat.

»Essenszeit«, verkünde ich feierlich und reiche Amy die Hand, damit sie sich zu mir auf den Boden setzt. Vorher habe ich eine weiche Decke unter uns ausgebreitet. Wir haben noch nicht über unsere letzte Begegnung gesprochen – eigentlich haben wir überhaupt noch nicht viel geredet. Und ich habe nicht das Gefühl, dass jetzt der richtige Zeitpunkt wäre, es anzuschneiden.

Amy öffnet den Korb und lugt neugierig hinein.

»Kein Fleisch«, erkennt sie schmunzelnd, und zieht zwei Schüsseln hervor. In der Einen sind verschiedene Früchte und in der Anderen geschmolzene Schokolade, die durch die Hitze hier nicht wieder fest geworden ist.

»Mir scheint, als wolle jemand uns verwöhnen.«

»Oder verkuppeln«, grinse ich.

Amy hebt eine Augenbraue. »Verkuppeln? Mit Schokolade und Obst.«

Ich öffne die Deckel, nehme mir eine Erdbeere und tunke sie in die Schokolade. Amys Augen verfolgen meine Hand, die sich nun in Richtung ihres Mundes bewegt. »Gibt es ein erotischeres Essen?«, frage ich und muss schlucken, als ihre Lippen sich langsam um die Erdbeere legen. Sie kaut und schüttelt sachte den Kopf. »Amy. Es tut mir leid, dass ich dich so dumm angemacht habe. Ich weiß auch nicht, was in mich gefahren ist.« Eigentlich wollte ich doch nicht darüber reden!

Sie senkt den Kopf, spielt mit einem Stückchen Obst, bevor sie es doch wieder fallen lässt und mich ansieht. Die Wut scheint völlig daraus verschwunden zu sein. »Ich weiß es aber. Und irgendwie kann ich es verstehen. Aber es ist alles nicht so einfach. Mich hat am meisten verletzt, dass du einfach abgehauen bist. Vertrauen fällt mir schwer. Und du …« Sie unterbricht sich, weil sie ihren Satz nicht beenden muss.

»Ich habe es verloren?« Ich rücke näher, als sie langsam mit den Achseln zuckt, ihren Blick aber nicht von mir abwendet.

»Ich werde nicht mehr gehen, wenn du es nicht willst. Sag mir, was ich machen soll, um dich zu überzeugen, dass ich dich nicht verletzen werde. Was willst du von mir?«

Ihre Mundwinkel zucken minimal. »Zunächst wäre ein Glas Champagner sehr schön.«

Ich lache. »Ich kann dich mit Champagner für mich gewinnen?«

Sie grinst breit. »Es ist zumindest ein Anfang. Aber glaub nicht, dass es so einfach bleibt. Du wirst leiden. Fürchterliche Qualen erleiden.«

»Wenn du mich quälen willst, musst du wohl oder übel deine Klamotten ausziehen. Ein weiblicher Körper. Puh, da schaudert es mich schon.« Ich schüttele mich und tue so, als wäre das mein größter Albtraum.

Amy schüttelt lachend den Kopf. »Du bist ein ganz schlimmer Junge, was?«

Ich nicke und sehe ihr dabei zu, wie sie den Bund ihres Shirts umfasst.

»Und wie! Ich muss bestraft werden. Umso besser der weibliche Körper aussieht, umso schlimmer ist es für mich. Du bist also mein Todesurteil.« Ich beobachte sie, wie sie sich das T-Shirt über den Kopf zieht. Ihr Bikinioberteil leuchtet in einem hellen Grün, das ihre Augen zusätzlich betont. Sie grinst diabolisch, tunkt eine Traube in die Schokolade und füttert mich damit, bevor sie sich ihre Finger ableckt.

Oh Gott! Mit einem Blick in die volle Schüssel frage ich mich, wie ich das überleben soll. Meine Hose wird jetzt schon viel zu eng und wir haben gerade erst angefangen.

»Mal schauen, ob es umgekehrt genauso wirkt«, sage ich und ziehe mir ebenfalls das Shirt aus. Amy beißt sich unbewusst auf die Unterlippe, während sie mich mustert.

Wir spielen unser Spiel weiter, füttern uns gegenseitig und es fällt mir von Sekunde zu Sekunde schwerer, nicht über sie herzufallen. Ihr wunderschöner Körper, ihre hammergeilen Lippen! Amy rückt näher an mich heran, sodass wir uns beinahe berühren. Ich nehme eine Erdbeere, tunke sie in die Schüssel und führe sie zu ihrem Brustansatz, an dem ich – ganz aus Versehen natürlich – ein wenig der Schokolade verschmiere, bevor ich die Frucht zu ihrem Mund geleite.

»Oh. Entschuldige. Das mache ich gleich weg«, verspreche ich grinsend. Ihr Brustkorb hebt und senkt sich heftig, was mein Vorhaben nur verstärkt. Ich nähere mich mit meinem Mund diesen wahnsinnig schönen Brüsten und lecke die Schokolade weg. Amy legt den Kopf stöhnend in den Nacken. Schneller als sie reagieren kann, habe ich Amy an den Hüften gepackt und auf meinen Schoß gehievt. Kaum merklich beginnt sie ihre Hüften kreisen zu lassen, und schon diese minimale Bewegung bringt mich um den Verstand. Mit beiden Händen umfasse ich ihren Arsch und presse sie fester gegen meine Erektion. Sie soll spüren, was sie mit mir anstellt. Sie soll selbst sehen, wie sehr sie mich in ihrer Macht hat.

»Amy«, sage ich atemlos. Sie bewegt sich ein bisschen härter.

»Ja«, haucht sie und lehnt ihre Stirn gegen meine.

»Ich hab dich so vermisst«, gestehe ich, wie das letzte Weichei, aber es nützt nichts, es zu verschweigen. Mein ganzer Körper schreit diese Tatsache in die Welt hinaus. Ihre Hände umfassen mein Gesicht. Ihre Augen sind so strahlend, ihr Körper so eng an meinem, ihre Lippen noch viel zu weit entfernt. Bevor sie irgendetwas sagen kann, habe ich sie unter mich verfrachtet und meine Lippen hart auf ihre gedrückt. Ich brauche sie. Ich will sie. Amys Stöhnen macht mich so unfassbar geil und gleichzeitig fühle ich mich kopflos. Es ist, als wäre sie die erste Frau für mich. Als habe ich all die Jahre enthaltsam gelebt. Keine Ahnung, was ich machen kann, um sie zu befriedigen. Ich will sie einfach nur glücklich machen. Gierig sauge ich ihre Unterlippe ein, auf der sie eben noch gekaut hat und nutze die Gelegenheit, dass sie die Lippen leicht geöffnet hat, um mir mit meiner Zunge einen Weg in ihren Mund zu bahnen.

Seufzend empfängt Amy sie. Wir spielen miteinander, entfernen uns immer wieder, um dann wieder zueinander zu finden. Ich presse meinen Schritt gegen ihre Scham und wie auf Kommando umfassen ihre Beine meine Hüfte und lassen sie nicht mehr los. Aber ich bewege mich gekonnt, sodass sie von mir ablassen muss. Mit verzweifeltem Blick folgt sie meinen Bewegungen. Ich gleite weiter hinab, küsse ihren Mund, ihren Hals, lecke über die winzigen Rückstände der Schokolade in ihrem Dekolleté und öffne mit einem raschen Handgriff ihr Bikinioberteil, damit ich ja keine Stelle vergesse. Mit federleichten Berührungen gleite ich über ihre Seite nach vorne zu ihren perfekten Brüsten, die sie mir entgegenstreckt. Durch kreisende Bewegungen um ihre Brustwarzen bringe ich sie zum Stöhnen. Ich lasse meinen Atem über sie streifen, erlaube ihr aber keine Erlösung. Immer wieder küsse ich das weiche Fleisch, gehe aber nicht weiter.

»Oh Shit!«, ruft sie verzweifelt aus und bebt am ganzen Körper, als ich endlich ihre harten Warzen zwischen die Zähne nehme.

»Es ist heiß, wenn du fluchst«, sage ich, als ich noch weiter hinabgleite. Amys Hände krallen sich in mein Haar, schieben mich weiter hinunter, was ich nur zu gerne tue. Eine leichte Gänsehaut hat ihren Körper überzogen. Als ich an ihrer Hose ankomme, zögere ich einen Moment. Sehe sie an. Als sie merkt, dass ich nicht weitermache, öffnet sie die Augen und fixiert mich.

»Du willst das, oder?« Mein Herz setzt aus, während sie mich nur weiter ansieht.

»Ich will dich«, flüstert sie und hebt ihre Hüften, damit ich ihr die Hose samt Höschen ausziehen kann.

Wie versteinert knie ich vor Amy und begutachte sie. Sie ist mit Abstand die schönste Frau, die ich jemals gesehen habe. »Irgendwann werde ich deinen Eltern danken, dass sie dich so perfekt hinbekommen haben.«

Sie wird rot, sieht mich aber immer noch an. »Es ist nicht besonders sexy, über die Eltern zu reden, wenn man kurz davor ist.« Sie grinst.

Ich lehne mich nach vorne, sodass meine Lippen ihr Ohr berühren. »Dann muss ich dich wohl schnell wieder ablenken, was?« Sie nickt hastig und zieht mein Gesicht zu sich heran, um mir einen leidenschaftlichen Kuss zu geben.

»Schlaf mit mir, Sean.«

»Geduld. Wir haben alle Zeit der Welt.«

Schwer atmend sehe ich Amy an und sie sieht mich an. Falls sie auch nur halb so glücklich ist wie ich, dann habe ich meinen Job gut gemacht. Ich streiche ihr die Haare aus dem Gesicht. Obwohl man denken könnte, dass auch jetzt kein geeigneter Zeitpunkt für ein ernstes Gespräch ist, habe ich das Gefühl, dass es keinen besseren geben könnte.

»Liebst du ihn? Und wehe du sagst jetzt, dass es kompliziert ist.«

Amy atmet tief durch und ein trauriger Ausdruck legt sich auf ihr Gesicht. »Ist es aber. Ich habe ihn sehr geliebt, Sean.«

»Vergangenheit«, erkenne ich und weiß, dass es hart ist.

»Er hat mir das Leben gerettet. Ich kann dir noch nicht davon erzählen, aber ich bin es ihm schuldig, dass ich es versuche.«

»Du bist es ihm doch nicht schuldig, bei ihm zu bleiben!«

»Ich habe Angst, Sean! Ich habe Angst, dass er sich etwas antut, wenn ich gehe. Ich habe Angst, ohne irgendetwas dazustehen. Was soll ich ohne ihn tun? Ich kenne doch kaum ein Leben ohne Jared. Ich habe Angst, dass ich alleine nicht zurechtkomme. Wie gesagt ... Es ist kompliziert.« So offen war Amy noch nie zu mir und ich will sie nicht wegstoßen, obwohl ich sie so gerne wachrütteln würde. Sie muss doch sehen, dass das alles keinen Sinn hat. Aber ich sage nichts. Ich versuche die wenigen Momente, die sie mir schenkt, einfach zu genießen. Schweigend lauschen wir den Wellen, die immer wieder gegen das Boot schlagen. Man könnte denken, man wäre in einer anderen Welt. In einer, die uns nichts anhaben kann. »Lass uns einfach verschwinden«, sage ich leise und spiele mit einer ihrer Haarsträhnen. Gedankenverloren starre ich sie an.

»Jetzt?«

»Ja. Mit dem Schiff. Einfach weg. Wir könnten Amerika verlassen.« Ich stütze mich auf einen Ellenbogen und sehe sie an. »Wo wolltest du schon immer einmal hin?«

»London.«

Ich lache. »Okay! Es wird zwar eine Zeit dauern, aber wir könnten sofort los. Essen brauchen wir nicht. Wir leben von Luft und Liebe.«

Amys Lächeln wird immer breiter. Sie sieht in den Himmel. »Wir könnten immer wieder irgendwo anlegen und für ein paar Tage dableiben, um Essen zu besorgen.«

Ich lege mich neben sie, ziehe sie an meine Seite, sodass sie den Kopf auf meiner Brust betten kann, und sehe ebenfalls in das Blau des Himmels.

»Das wäre schön.«

»Ja ... wäre es.«

Wir sagen nichts, gehen jeder für sich seinen kleinen und dennoch unerreichbaren Träumen nach. Ich wünschte, es wäre so einfach. Ich wünschte, wir könnten einfach abhauen. Wir könnten glücklich zusammen werden, aber ich weiß, dass dies im Moment noch nicht möglich ist.

Nach einigen Minuten setzt Amy sich auf und zieht sich langsam wieder an. »Ich glaube unsere Zeit läuft langsam ab.« Sie sagt das so traurig, dass ich mir nicht sicher bin, ob sie nur die Bootsfahrt meint.

»Wir haben so viel Zeit, wie wir wollen.«

Sie lächelt matt und gibt mir einen Kuss, bevor sie sich das T-Shirt und das Medaillon, das sie immer trägt, wieder über den Kopf zieht. Wie immer umfasst sie es einen Augenblick. Ich beobachte sie die ganze Zeit. Kann nicht genug von ihrem Anblick bekommen und habe Angst, dass ich sie irgendwann nur noch in meinen Erinnerungen sehen werde.

»Werde ich auch irgendwann einen Platz darin haben?«, frage ich und deute auf das Medaillon. Ich weiß, dass es dreist ist, aber ich will wissen, ob ich überhaupt eine Chance habe, ihr Herz für mich zu gewinnen.

Sie streicht andächtig darüber und dann über meine Wange. »Ich hoffe nicht.«

Ich versuche mir nicht anmerken zu lassen, wie sehr mich ihre Worte verletzten, denn ich wusste, dass mich so eine Antwort erwarten könnte. Amy sieht es trotzdem, setzt sich auf meinen Schoß und umfasst mein Gesicht.

»In dem Medaillon trage ich die Menschen, die ich am meisten auf der Welt liebe. Allerdings werde ich sie nie wiedersehe. Sie sind tot. Und deshalb wünsche ich mir nichts sehnlicher, als dich niemals als Andenken bei mir haben zu müssen.«

Mein Herz schwillt an, wird gleichzeitig federleicht und tonnenschwer. Ich lege meine Arme um ihre Taille und ziehe sie näher an mich heran. »Wirst du mir irgendwann von ihnen erzählen?«

Sie nickt vorsichtig und legt ihr Kinn auf meine Schulter.

Wir halten nicht Händchen, weil wir nicht wissen, wer uns hier sehen könnte. Mich kotzt dieses ganze Versteckspiel tierisch an, aber wenn das der einzige Weg ist, wie ich mit Amy zusammen sein kann, würde ich mich vor der ganzen Welt verstecken. Wir müssen uns allerdings auch gar nicht anfassen, um uns an die Berührungen von vorhin zu erinnern. Als wir an der Surfschule ankommen, liegt Hollie mit einem großen Cocktailglas auf der Veranda und beobachtet Trevor, der einem unserer schwierigsten Kunden versucht das Surfen beizubringen.

»Ich dachte, du müsstest arbeiten?«, fragt Amy mit zusammengekniffenen

Augen.

Hollie grinst breit und zieht an ihrem Strohhalm. »Hat sich dann doch erledigt. Du hast ja ganz rote Bäckchen! Was habt ihr denn auf dem Boot getrieben?«

»Das wirst du wohl niemals erfahren!«, erwidere ich lachend und kann mein dümmliches Grinsen nicht verhindern.

»Wetten doch!«, sagt sie augenzwinkernd und reicht Amy ihren Cocktail. »Hier, trink! Du siehst ja ganz ausgepowert aus.«

In diesem Augenblick könnte ich Hollie küssen. Rein platonisch natürlich! Ich denke, dieses Mädchen ist genau das, was Amy all die Jahre gefehlt hat.

Kapitel 10

Amy

Hollie:
Mir ist langweilig. Kann ich vorbeikommen? Ich vermisse deinen Ankleideschrank so sehr. Wir haben uns etwas ganz Besonderes aufgebaut und ich glaube, er fühlt sich vernachlässigt.

Amy:
Klar! Komm ruhig vorbei.
Jared ist heute den ganzen Tag zuhause.

Hollie:
Also kannst du deine Sahneschnitte nicht besuchen.

Amy:
… Darum geht´s nicht.

Hollie:
Nein! Natürlich nicht ;-) Bin gleich da <3

Ich verdrehe die Augen und stecke mir mein Handy wieder in die Hosentasche, bevor ich runter in die Küche gehe, um mir etwas zu Essen zu machen. Als ich an Jareds Arbeitszimmer vorbeikomme, bleibe ich kurz stehen. Zaghaft klopfe ich an die Tür und warte, bis er mich hineinbittet.

»Ich will mir etwas zu Essen machen. Willst du auch etwas?«

Er winkt mich zu sich heran und zieht mich dann auf seinen Schoß. Mit dem Finger tippt er auf den Bildschirm seines Computers. »Siehst du das, mein Liebling? Miranda hat mich zu einer Feier eingeladen. Da werden viele wichtige Persönlichkeiten sein. Das ist einfach fantastisch!« Er strahlt über das ganze Gesicht.

Ich sehe mir die E-Mail genauer an und runzle die Stirn. »Das ist ja an dem Abend, an dem auch unser Basar ist«, stelle ich fest. Das kann er unmöglich ernst meinen.

Er schürzt die Lippen. »Amy, das ist sehr wichtig für mich.«

Ich will hektisch von seinem Schoß springen, doch er hält mich fest. »Und der Basar ist sehr wichtig für mich! Du hast doch gesagt, dass du deine Kollegen einlädst.«

Er winkt ab. »Verschieb den Basar einfach. Ich habe da ohnehin nicht dran gedacht. Du musst mich unbedingt begleiten. Wenn die sehen, was für eine hübsche und junge Frau ich neben mir habe, werden sie vor Eifersucht platzen!« Er zieht mein Gesicht zu sich herab und drückt mir einen Kuss auf den Mund. »Aber du gehörst mir.« Seine Hände um mein Gesicht werden nicht lockerer. Ich habe sogar das Gefühl, dass er immer fester zupackt.

»Jared! Ich gehe jetzt etwas essen. Hollie kommt gleich«, sage ich kleinlaut und endlich lässt er los. Ich springe von seinem Schoß und entferne mich unbewusst einige Schritte von ihm. Er gibt einen abwertenden Laut von sich. »Was ist eigentlich mit Daisy? Die habe ich schon ewig nicht mehr gesehen. Diese Hollie ist doch kein richtiger Umgang für dich. Sieh sie dir mal an. So verlottert. Ich will nicht, dass du noch weiter Kontakt zu dieser Person hast!«

Bisher habe ich Jared selten widersprochen, aber jetzt verspüre ich das dringende Gefühl, Hollie zu verteidigen. »Sie ist meine Freundin.«

»Sie sieht aus wie eine Schlampe!«

»Ist sie aber nicht! Ich werde sie nicht aufgeben. Und ich werde nicht mit auf diese Feier gehen. Es gibt Dinge, die mir wichtig sind. Auch, wenn es nicht mehr viele sind.«

Er schüttelt nur den Kopf und wendet sich wieder seinem Computer um. »Du wirst schon sehen, was du davon hast. Am Ende hast du doch wieder nur mich, der für dich da ist.«

»Jared ist heute nicht besonders gut drauf. Wir lassen ihn besser in Frieden.«

Hollie hebt ihre Augenbrauen. »Ich mag ihn ohnehin nicht, also von mir aus müsste ich nie etwas mit ihm zu tun haben.«

Wir gehen in den Garten, setzen uns an den kleinen Teich und stecken die Füße in das kalte Nass. Wir lehnen uns nach hinten, das Gesicht der Sonne entgegen und genießen die leichte Brise. »Hollie?«

»Hm?«

»Ich hab Sean gefragt, ob er morgen mit zur Orga will. Er meinte, er hat keine Zeit. Ich weiß, dass es dumm ist, aber ich habe Angst, dass er keine Lust mehr auf mich hat.« Sie dreht ihren Kopf in meine Richtung und hält sich die Hand vor die Augen, um sie vor der grellen Mittagssonne zu schützen.

»Kann es sein, dass du echt spinnst? Sean ist verrückt nach dir.«

»Aber vielleicht auch nicht. Ich meine … es wird ja einen Grund geben, wieso Jared so unzufrieden mit mir ist.«

Sie schnaubt. »Ja den gibt es: Er ist ein Arsch!«

Schnell sehe ich mich um, weil sie viel zu laut geredet hat, aber alle Fenster und Türen sind verschlossen. »Vielleicht liegt es aber auch an mir. Und Sean hat das jetzt auch gemerkt.«

Hollie schüttelt den Kopf und dreht sich wieder weg. »Okay. Jetzt ist es bewiesen: Du bist irre. Der Kerl ist dir sowas von verfallen und du merkst es nicht einmal.«

Ich wende mich wieder ab und denke über ihre Worte nach. Ist es so? Ist er mir verfallen? Wieso gefällt mir diese Vorstellung so sehr?

Kapitel 11

Amy

Heute war ein unglaublich anstrengender Tag. Es hat von morgens bis abends geregnet und einige unserer Rollstuhlfahrer sind in dem Schlamm auf dem Parkplatz stecken geblieben. Mit geballter Kraft haben wir alle sicher in die Halle verfrachtet, und dennoch war die Stimmung bedrückt. Ich habe ihnen erzählt, dass wir uns auf die Käufe der »normalen« Kunden beschränken müssten, weil Jared vergessen hat, bei seinen Kollegen Werbung zu machen. Wir alle wissen, dass dieser Basar nicht genug Geld einbringen wird.

Betrübt und gerädert lasse ich mir ein Bad ein, als ich wieder nach Hause komme. Weil Jared nicht da ist, lasse ich mir genügend Zeit. Mit einem Glas Wein, Kerzenlicht und schöner Musik will ich mich in das schaumige Wasser niederlassen, als mein Handy klingelt. Ich warte einige Sekunden, weil ich hoffe, dass der Anrufer aufgibt, aber das penetrante Klingeln hört einfach nicht auf. Also steige ich murrend wieder raus und sehe auf das Display meines Smartphones. Sean. Schnell schiebe ich den Riegel rüber und höre schon Sekunden später seine melodiöse Stimme am anderen Ende der Leitung.

»Na, Schönheit? Hast du mich schon vermisst?« Mit einem Mal fühlt es sich so an, als ob alle Sorgen des Tages von mir abfallen würden.

»Wer ist da?«, frage ich mit gespielt gelangweilter Stimme.

»Haha. Was machst du?«

»Ich wollte gerade in die Badewanne steigen.«

Etwas raschelt. »Aha? Also bist du nackt?« Ich höre das Grinsen in seiner Stimme.

»Für gewöhnlich geht man nackt baden. Ja.«, sage ich und steige mit dem Handy am Ohr wieder in das Wasser.

»Gott Amy! Ich wünschte ich wäre jetzt bei dir«, flüstert er.

»Dann wäre es aber ganz schön eng hier drin«, stelle ich fest und streiche mit dem Luffa-Schwamm über meinen Arm.

»Eng ist gut. Eng ist verdammt gut.«

Ich spüre ein Kribbeln in meiner Mitte. Ich muss schlucken. Meine Kehle ist plötzlich wie ausgetrocknet. »Hattest du schon einmal in der Badewanne Sex?«, frage ich ihn mit rauer Stimme und bin selbst verwundert, wie offen ich darüber reden kann. Sean saugt fest die Luft ein.

»Leider noch nicht. Aber wenn du so weitersprichst, wird sich das gleich ändern.«

»Ich hatte auch noch nie Telefonsex, Sean«, sage ich leise und fahre mit dem Schwamm über meinen Bauch.

»Amy! Du kannst sowas doch nicht sagen«, stöhnt er ins Telefon.

Mein Atem kommt zitternd. Ich hätte nie gedacht, dass alleine seine Stimme mich so anmachen könnte. »Was würdest du machen, wenn du hier wärst?«

»Ich würde dich …« Die Badezimmertür wird zugeschmissen und ich öffne ruckartig die Augen. Wie automatisch werfe ich das Telefon hinter die Vase, die neben der Badewanne steht und hoffe, dass Jared es nicht gesehen hat.

Er starrt mich wutentbrannt an. »Du fasst dich an, aber mich lässt du nicht ran?«

»Jared!«, rufe ich und springe aus der Wanne. Mit zittrigen Armen und

Beinen greife ich nach meinem Bademantel, aber Jared schnappt meinem Arm und reißt mich herum, sodass ich auf dem nassen Boden ausrutsche. Ich habe ihn noch nie so wütend gesehen. Er bäumt sich über mir auf und holt aus …

Kapitel 12

Sean

Es ist mir egal, ob er ihr Mann ist. Es ist mir egal, ob mein Verhalten verräterisch ist. Es ist mir egal, was passieren könnte. Aber ich werde Amy auf keinen Fall jetzt im Stich lassen. Wie ein Verrückter renne ich durch die Straßen. Ich habe mir nicht einmal die Zeit genommen, Schuhe anzuziehen. Mein Puls rast, mein Kopf malt sich die schlimmsten Szenarien aus. Ich schüttele ihn, um sie zu verdrängen.

Mit geballten Fäusten hämmere ich an die Eingangstür. Wenn niemand öffnet, werde ich ein Fenster einschlagen! Ich schlage weiter mit beiden Händen auf die Tür ein. Hektisch laufe ich zu einem der Fenster. Ich bücke mich, um einen Stein aufzuheben, da wird plötzlich die Tür aufgerissen. Jared stürmt an mir vorbei. Sieht mich nicht. Er läuft zu seinem Wagen und rast mit quietschenden Reifen davon. Ich will ihm hinterher, will ihm seine verdammte Fresse polieren, aber dann erinnere ich mich, dass es etwas Wichtigeres gibt. Es gibt jemand Wichtigeres.

Amy!

Ich renne durch das Haus. Suche in jedem der unzähligen Zimmer nach dem Badezimmer, in dem ich sie immer noch vermute. In dem ersten Stock finde ich sie dann. Zusammengesunken hat sie die Arme um ihre Beine geschlungen und das Gesicht dazwischen versteckt. Ich schnappe mir den Bademantel, der neben ihr auf dem Boden liegt und wickele sie darin ein.

»Hey! Ich bin da. Er ist weg, okay? Alles wird gut.«

Schluchzend vergräbt sie das Gesicht an meinem Hals. Sie zittert am ganzen Körper. Ich reibe sie trocken, versuche ihr zu helfen, dabei weiß ich nicht, ob ich überhaupt etwas unternehmen kann.

»Ich trag dich in dein Zimmer«, flüstere ich und schiebe meine Arme unter ihre Knie und Rücken. Sie klammert sich mit aller Kraft, die ihr noch bleibt an meinen Hals.

Sachte lege ich sie aufs Bett und streiche ihr die Haare aus dem tränennassen Gesicht. Erst da erkenne ich, dass sie eine rote Stelle um das Auge hat. Mein Herz zieht sich schmerzhaft zusammen. Amy erträgt meinen Blick wohl nicht, denn sie dreht sich zu der Wand.

»Du wirst hier nicht bleiben!« Ich stehe vom Bett auf und stopfe ein paar der herumliegenden Klamotten in eine Tasche. »Zumindest nicht für heute Nacht.«

Sie liegt in meinem Bett und hat sich in die Decke gewickelt, obwohl es hier ätzend heiß ist. Ich sitze neben ihr, weil ich ihr den Platz zum Liegen überlassen will. Amy umklammert meine Hand, hat die Augen aber geschlossen. Die Augen, die vom Weinen geschwollen sind. Von denen eines bereits blau anläuft, weil ihr beschissener Mann sie angefasst hat. Mir steigt Galle die Speiseröhre hoch, als ich daran denke. Am liebsten würde ich ihn suchen und dasselbe mit ihm anstellen – nur tausend Mal schlimmer. Aber ich werde sie nicht alleine lassen.

Niemals.

»Du bist immer für mich da«, sagt sie, obwohl es eher wie eine Frage klingt. Ich streiche ihr übers Haar und höre ihren regelmäßigen Atem. »Für immer. Sogar dann noch, wenn du es nicht mehr willst, Amy.«

Die ganze Nacht über lag ich neben dem Bett und habe auf Amy aufgepasst. Immer wieder hat sie sich umhergewälzt und geschluchzt. Es brach mir mit jedem Mal das Herz. Ob ich es wollte oder nicht, ich muss mir langsam selbst eingestehen, dass ich mich in sie verliebt habe.

Fuck! Ich wollte das echt nicht. Eine verheiratete Frau anbaggern? Okay. Sich in sie verlieben? Ganz und gar nicht okay! Weil ich ohnehin kein Auge zubekomme und die Sonne bereits aufgeht, stehe ich auf und mache mir in meiner winzigen Küche einen Kaffee. Mit Kaffee kann auf einmal alles besser aussehen. Sogar ein riesiger Haufen Scheiße! Ich fülle meine Tasse bis zum Rand und gehe raus auf die Terrasse, wo ich mich auf meinen Verandastuhl sinken lasse. Ich will Amy nicht wecken.

Amy, die in meinem Bett liegt. Eins ist klar: Ich könnte mich an diesen Anblick gewöhnen.

Ich beobachte die aufgehende Sonne. Wie sie das Wasser färbt, wie sie die Welt zum Scheinen bringt. Es ist egal, was passiert. Es ist egal, wie Scheiße einem alles vorkommt: Es wird immer einen neuen Tag geben. Wir werden jeden Tag die Chance haben, etwas zu verändern.

Ich höre Amy nicht, aber ich spüre sie. Mein Herz schlägt schneller, sobald sie näherkommt. Von hinten schlingt sie die Arme um meinen Hals und lehnt ihre Schläfe an meine. Niemand sagt ein Wort, weil es nichts zu sagen gibt. Ich stelle meine Tasse auf den Boden und ziehe Amy auf meinen Schoß. Wie ein kleines Kind kuschelt sie sich an mich, folgt meinem Blick über das Wasser und sieht der Sonne dabei zu, wie sie auf ihren bekannten Platz steigt. Ich ziehe Amy enger an mich und gebe ihr einen Kuss auf die Stirn. Irgendwann sind wir wieder Arm in Arm eingeschlafen, und dieses Mal ist ihr Schlaf ruhig und friedlich.

»Hey Schlafmütze! Weißt du, was ich schon immer einmal machen wollte?«
Amy sitzt im Schneidersitz vor mir und sieht mich lächelnd an.

»Sex am Strand?«, frage ich verschlafen und strecke meine krachenden
Glieder. Auf einem Verandastuhl zu schlafen ist vielleicht doch nicht die
beste Idee gewesen. Seit ich Amy vor zwei Tagen zu mir geholt habe, ist
dies zu einem unserer Rituale geworden. Genau wie das gemeinsame
Ansehen des Sonnenaufgangs. Ich bin so erleichtert, dass Amy wieder
lächelt, dass ich ihr absolut keinen Wunsch abschlagen werde. Die ersten
beiden Tage lag sie hauptsächlich im Bett und hat geschlafen. Erst gestern
Abend ist sie wieder wacher geworden. Sah wieder ein bisschen mehr aus
wie sie selbst. Wie sie selbst mit einem blauen Auge.

Sie verdreht die Augen. »Nein.«

»Nein?«, frage ich gespielt enttäuscht.

»Vielleicht irgendwann«, gesteht sie grinsend. »Aber eigentlich meinte
ich etwas Anderes.«

»Nacktbaden?«, schlage ich grinsend vor.

»Nein, Sean! Sowas macht man nicht!« Sie schlägt mir auf den
Unterschenkel, kann ihr Lachen aber nicht unterdrücken.

»Du warst noch nie Nacktbaden, Amy? Du weißt, dass du es allen
Menschen, denen dies aus allen möglichen Gründen nicht möglich ist,
schuldig bist, oder? Das ist ein unausgesprochener Ehrenkodex!« Entsetzt
lege ich mir eine Hand aufs Herz.

Wieder verdreht sie die Augen. »Jemand könnte uns sehen. Lässt du
mich jetzt aussprechen?« Sie sieht mich eindringlich an. Als ich stumm
nicke, lächelt sie. »Ich wollte schon immer mal den Tag ganz alleine am

Strand verbringen.«

Ich hebe verwirrt eine Augenbraue. »Das ist ein ziemlich … äh.«

»Langweiliger Wunsch. Ich weiß! Siehst du, noch eine langweilige Eigenschaft an mir! Aber ich will einfach mal vergessen, dass es diese andere Welt gibt. Nur du und ich. Ohne eine andere Menschenseele. Bitte, Sean. Ich will einfach mal einen Tag lang alles vergessen.« Ich greife nach ihren Händen und ziehe sie auf meinen Schoß, sodass sie rittlings auf mir sitzt. Liebevoll streiche ich ihr die Haare nach hinten. Versuche dabei das blaue Auge zu ignorieren. »Aber nur, wenn du mir versprichst, dass du dann auch mir meinen Wunsch erfüllst.«

Sie lächelt und beugt sich nach vorne zu meinem Ohr. »Jeden.« Ihr Atem, der meinen Hals streift lässt eine Gänsehaut über meinen Rücken wandern.

Ich brumme als Antwort und lege meine Hände an ihren Arsch. »Na wenn das so ist!«

Amy schmiegt sich einmal kurz an mich, bevor sie von meinem Schoß hüpft und in meiner Hütte verschwindet. »Das wird so aufregend!«, ruft sie euphorisch.

Ich weiß nicht, was sie zusammenpackt und weiß auch nicht so genau, was sie vorhat, denn wir könnten uns ganz einfach vor meiner Hütte in den Sand werfen und würden den ganzen Tag keiner Menschenseele begegnen. Aber das scheint ihr nicht zu genügen.

Mit einem schweren Rucksack bepackt, den ich ihr sofort abnehme, läuft sie aus der Hütte zum Wasser. Mit den Füßen zeichnet sie leichte Kreise in den nassen Sand. »Kommst du endlich? Wir müssen die perfekte Stelle finden!« Kopfschüttelnd schließe ich meine Tür ab – obwohl ein Einbrecher nicht besonders viel ergattern würde – und laufe mit nackten

Füßen zu ihr. Der Schlaf, der mir noch in den Knochen steckt, hindert mich daran, so begeistert an die Sache ranzugehen wie Amy.

Was habe ich mir da nur eingebrockt?

Besonders lange müssen wir zum Glück nicht suchen, da lässt sich Amy rückwärts in den Sand fallen. Mit weit gespreizten Armen und geschlossenen Augen atmet sie ein paar Mal tief durch und wendet ihr Gesicht dann in meine Richtung. Gott! Immer wenn ich denke, dass sie wunderschön ist, zeigt sie mir, wie unwürdig dieses Wort doch für sie ist. Ich wühle in der Tasche, weil ich sie mittlerweile gut genug kenne, um zu wissen, dass sie irgendetwas mitgenommen hat, womit sie Fotos machen kann. Als ich mein Handy finde, fische ich es zwischen einer Decke hervor und schieße sofort ein Bild von ihr, bevor sie auf die Idee kommt, sich wegzudrehen. Lächelnd sehe ich es mir an.

»Nicht einmal ansatzweise so gelungen wie das Original«, sage ich und stecke es wieder zurück in die Tasche. Diese werfe ich sofort vor mich in den warmen Sand und lasse mich ebenfalls hineinfallen. So nah an Amy wie es mir nur möglich ist. Sie dreht sich in meine Richtung und streicht mit den Fingerspitzen über meinen Oberarm. »Wieso bist du nur so nett zu mir?«

»Weil du es verdient hast«, sage ich, ohne darüber nachzudenken.

Ihr Lächeln wird traurig. »Das glaube ich nicht. Ich betrüge meinen Mann. Hat so eine Person es verdient, dass man nett zu ihr ist?« Langsam schüttelt sie den Kopf, hört aber nicht auf, mich zu streicheln.

»Du hast das Beste verdient. Und das gibt er dir nicht. Er schätzt dich nicht. Ich schon. Es ist seine eigene Schuld.«

Anmutig lehnt sie sich nach vorne und küsst mich mit geschlossenen Augen. Es ist kein Kuss, der tiefer gehen wird. Es ist ein stummer

Dankesbeweis. »Lass uns nicht mehr über das wahre Leben reden. Nicht heute.«

Ich will die Decke aus der Tasche unter uns ausbreiten, als Amy mich aufhält. »Das ist für heute Abend!«

»Aha?«

»Ja. Wir schlafen heute hier«, verkündet sie feierlich.

»Und was hast du sonst noch so in der Tasche versteckt?«, frage ich lachend und will darin herumschnüffeln, als sie mir auf die Finger schlägt.

»Das ist ein Geheimnis. Und jetzt creme mir den Rücken ein!«, befiehlt sie mit strenger Stimme – die mich ziemlich anmacht – und holt eine Tube Sonnencreme aus der Tasche. In Sekundenschnelle habe ich ihr das Top ausgezogen und den Verschluss ihres Bikinis am Rücken geöffnet. Sowas lasse ich mir nicht zweimal sagen. Als ich die Creme in ihren Rücken einmassiere, beginnt sie zu stöhnen.

»Baby, wenn du damit nicht aufhörst, werde ich dich auf der Stelle nehmen. Es liegt bei dir«, hauche ich ihr ins Ohr und spüre, wie ein Zittern durch ihren Körper geht.

»Ich bin schon still«, haucht sie zurück und gibt mir einen raschen Kuss auf die Wange, bevor sie das Gesicht wieder zwischen ihren gekreuzten Armen versenkt.

»Schade.«

Der Tag war brühend heiß, sodass ich öfter zurück zu meiner Hütte lief, um uns kaltes Wasser zu holen – obwohl Amy jedes Mal protestiert hat. Aber so langsam beginnt die schwüle Hitze nachzugeben. Die Sonne ist beinahe schon am Horizont verschwunden. In die Decke gekuschelt liegen wir im Sand und beobachten den Sonnenuntergang.

»Ich glaube, ich werde niemals genug davon bekommen.« Amys Augen wandern über die Wasseroberfläche, über die Sonne bis hin zu dem immer dunkler werdenden Himmel. Während meine Augen nur auf sie gerichtet sind.

»Und ich werde nie genug von dir bekommen.«

Sie wendet ihr Gesicht meinem zu. »Als ich dich kennengelernt habe, hätte ich nicht gedacht, dass du so ein Romantiker bist.«

Ich lache und fahre mir durch die sandbedeckten Haare. »Immer wieder für eine Überraschung gut.«

»Ganz schön schleimig, wenn du mich fragst«, sagt sie herausfordernd und kneift die Augen zusammen. Ich hingegen reiße sie auf und mache mich bereit, sie gnadenlos durch zu kitzeln, als sie meinen Angriff abwehrt, lachend aufspringt und in Richtung Wasser rennt.

»Na warte!«, brülle ich ihr hinterher und stürme ihr nach. Nach einigen Schritten sehe ich ihr Bikinioberteil vor meinen Füßen liegen. Nach weiteren folgt das Höschen. Ich schlucke, während ich sie im Wasser suche. Mittlerweile ist die Sonne komplett verschwunden und ich sehe Amy nur noch als schwarze Silhouette im Wasser herumspringen.

»Du wolltest doch so gerne mit mir Nacktbaden!«, ruft sie überschwänglich und lässt sich rückwärts ins Wasser fallen. »Bist du jetzt etwa ein Schisser? Schleimer und Schisser? Meine Güte, ich dachte du wärst ein echter Mann!«

Mit einem Ruck habe ich mir die Badeshorts heruntergezogen und lasse sie neben Amys Höschen liegen. »Du willst, dass ich dir zeige, dass ich ein echter Mann bin, ja?« Ich springe kopfüber in die Wellen und schwimme mit einigen kräftigen Zügen zu ihr, bis ich kurz vor ihrem Gesicht wiederauftauche. »Das willst du also, hm?«

Wie von selbst schlingt sie die Arme um meinen Hals und die Beine um meine Hüfte. »Bist du denn einer?«, fragt sie mit lasziver Stimme.

»Ich bin alles was du willst.« Stürmisch überwinde ich die winzige Distanz, die uns noch voneinander trennt und beschaffe mir Zugang zu ihrem Mund. Ihre Zunge erwartet mich schon. Wie ausgehungert klammert sie sich mit den Beinen fester um mich. Und sie so nah an mir zu spüren – alles von ihr zu spüren – macht mich völlig willenlos. Meine Hände gleiten an diesem Hammer-Körper hinab, legen sich um ihren prallen Arsch. Das Wasser geht uns bis zu den Schultern und lässt uns das, was wir miteinander machen, noch intensiver spüren.

Ich bin ihr verfallen. Mit Leib und Seele.

Ihre vollen Haare schwimmen um uns, umkreisen uns. Es ist ein wahnsinniges Gefühl, sie so bei mir haben zu dürfen. Ich steuere den Strand an, ohne unseren Kuss zu unterbrechen. Wir kommen nur langsam voran, weil ich immer wieder von meinen Gefühlen überwältigt werde und mich ganz Amy zuwenden muss.

»Was hast du vor?«, wispert sie an meinen Mund.

»Ich will nicht, dass es zu schnell endet. Ich will jede Stelle deines Körpers genießen und das kann ich im Wasser nicht.«

Einhändig breite ich die Decke im Sand aus und lege Amy darauf ab.

Diese Schönheit.

Ich frage mich, ob ich mich jemals daran sattsehen werde.

»Nacktbaden und Sex am Strand, mit der schönsten Frau, die ich jemals gesehen habe. Alles an einem Tag. Wenn ich jetzt sterbe, würde ich nichts bereuen.«

Kapitel 13

Sean

Der gestrige Tag war perfekt. Es gibt kein anderes Adjektiv, das es besser beschreiben könnte. Amys Wunsch war perfekt. Fernab aller Menschen, aller Probleme. Und trotzdem kann man der Realität nicht für immer den Rücken kehren – egal, wie sehr ich es mir wünsche.

Meine Mutter würde mich finanziell unterstützen, aber das will ich nicht und muss mein Geld selbst verdienen. Die Tage mit Amy waren wunderschön, aber mein Essen und die Miete bezahlen sich leider nicht von selbst.

Hand in Hand laufen wir Richtung Surfschule. Es ist noch früh am Morgen und die Geräusche der Natur sind die einzigen, die uns begleiten. Dennoch lösen wir uns irgendwann voneinander, weil wir der Zivilisation immer näherkommen.

Egal, was gestern war. Heute ist sie wieder eine Ehefrau. Heute können wir offiziell nicht zusammen sein. Als wir an der Schule ankommen, entdecke ich zwei Gestalten, die davor im Sand liegen. Arm in Arm. Amys Grinsen verrät mir, dass sie sie ebenfalls sieht. »Sieht so aus, als hätten die beiden einen schönen Abend gehabt«, sagt sie so laut, dass Hollie sich schnurstracks aufsetzt und von Trevor wegrutscht.

»Oh Gott!«, ruft sie und sieht aus, als hätten wir sie gerade bei etwas furchtbar Schlimmen überrumpelt. Sie rüttelt an Trevors Schulter. »Wach auf!« Dieser reibt sich nur müde übers Gesicht und sieht in unsere Richtung. Er winkt uns frech grinsend zu und macht überhaupt keine

Anstalten, sich zu erheben. Hollie verdreht die Augen. Als sie auf uns zukommt, bleibt sie abrupt stehen. Ihr Blick verändert sich. Sämtliche Farbe weicht aus ihrem Gesicht, während sie auf Amy zustürmt und ihren Kopf zwischen beide Hände nimmt. »Er hat dich geschlagen!«

Amy löst sich aus ihrem Griff und sieht beschämt zu Boden. »Das ist nicht so schlimm. Es war meine Schuld.« Wie jedes Mal, wenn sie ihn verteidigt, würde ich am liebsten laut schreien.

»Und du lässt das einfach zu?!«, schreit Hollie nun mich an. Ich würde sie gerne fragen, was ich tun soll. Wie ich Amy dazu zwingen soll, ihn zu verlassen. Ich versuche es! Ich versuche sie davon zu überzeugen, dass ich besser für sie bin. Aber wie soll ich sie zwingen, ohne genauso ein Arschloch zu sein wie er? Ich will ihr erklären, dass das Ganze nicht so einfach ist. Aber die Wahrheit ist, dass ich mich selbst dafür hasse, es nicht zu schaffen.

»Sean kann nichts daran ändern, Hollie! Das ist alles allein meine Entscheidung. Du müsstest mich doch zumindest ein bisschen verstehen.« Hollie antwortet nicht, zieht Amy lediglich in eine feste Umarmung. Müde fahre ich mit den Händen über mein Gesicht. Wieso sollte Hollie sie verstehen?

Amy flüstert ihr etwas zu, woraufhin diese langsam nickt. »Ich muss jetzt nach Hause. Ich brauche dringend eine Dusche und muss mit Jared reden.« Amy umarmt mich, was mir viel zu unpassend vorkommt, und lässt uns zurück.

Ihr hinterherstarrend stehen wir da und mir kommt es vor, als gäbe es so viele Dinge, die ich zuerst begreifen muss, bis ich sie endlich verstehe. »Warum sollst du sie verstehen?«, frage ich und weiß im gleichen Moment, dass ich keine Antwort bekommen werde.

Hollie legt die Stirn kraus und sieht mich mitleidig an. »Das sollte sie dir selbst erzählen. Es ist kompliziert.«

Wie sehr ich diesen Satz mittlerweile hasse!

Kapitel 14

Amy

Mein Herz schlägt wie wild, als ich die Haustür öffne. Es ist totenstill. Ich will – Nein, ich *muss* mit Jared reden, aber am liebsten wäre mir, er wäre überhaupt nicht zuhause. Wie eine Fremde streife ich durch die etlichen, leeren Zimmer. Auf der Suche nach jemandem, den ich nicht finden will. Die Stille ist beinahe unerträglich und ich frage mich, wie ich all die Jahre hier leben konnte, ohne ausbrechen zu wollen.

Ich zucke erschrocken zusammen., als ich eine zusammengesunkene Gestalt auf einem Stuhl im Esszimmer sitzen sehe. Im ersten Moment dachte ich, er sei tot. Doch jetzt fährt er herum. »Liebling! Amy!« Er springt auf und zieht mich an sich. Ich bin so perplex, dass ich es zulasse. Er hält mich so fest, dass ich mich nicht daraus lösen könnte. Sein Rücken bebt. Aus Reflex streiche ich kleine Kreise darüber, um ihn zu trösten. Als ich es merke, höre ich sofort auf, und lasse meine Arme seitlich an mir herabhängen.

»Ich dachte, ich hätte dich jetzt endgültig verloren. Bitte verzeih mir! Bitte!« Er gräbt das Gesicht in meinem Hals. Jared ist 40 Jahre alt, kommt mir aber jetzt wie ein kleines Kind vor. Wie jemand, der tief in der Seele verletzt und alleine gelassen wurde.

»Du hast mir wehgetan, Jared«, sage ich und meine Stimme bricht am Ende des Satzes. Er weint lauter. Zieht mich noch enger an sich. Als habe er Angst, dass ich wieder gehe. Als könne er mich so festhalten …

»Ich weiß! Es tut mir so leid. Bitte glaub mir! Das wird nie wieder vorkommen. Ich liebe dich so sehr! Ich weiß nicht, was ich tun werde, wenn du gehst. Du musst mir noch eine Chance geben! Wieso musst du mich auch immer so provozieren?« Er nimmt mein Gesicht zwischen die Hände und sieht mich traurig an.

»Ich kann jetzt nicht mit dir reden. Es tut mir leid«, sage ich und ziehe seine Hände von meinem Gesicht, um mich von ihm abzuwenden. Mit Tränen in den Augen verlasse ich das Zimmer, lasse ihn alleine. Seine Blicke spüre ich auf mir, bis ich die Tür hinter mir schließe und mich erschöpft dagegen lehne. Ich wollte eigentlich sofort mit ihm reden. Ihm sagen, dass ich ihn verlasse, aber ich bin schwach. So schwach wie die vergangenen Jahre, in denen ich ihm nie gesagt habe, was ich fühle.

Am nächsten Morgen rufe ich Hollie an und rede über eine Stunde mit ihr. Darüber, dass ich nicht so stark bin, wie ich es gehofft habe. Sie hört mir aufmerksam zu, unterbricht mich nicht, obwohl ich genau spüre, dass sie mich für bescheuert hält. Und ich halte mich ja selbst für bescheuert.

Immer wieder versuche ich meinen Mut zusammenzunehmen und mit Jared zu reden, aber jedes Mal wenn ich ihn entdecke, mache ich mir beinahe in die Hose und laufe weg. Ich bin so kindisch!

Sean erzähle ich nicht, dass ich mich absichtlich vor Jared verstecke. Er denkt, dass ich einfach noch keine Gelegenheit hatte, mit ihm zu reden. Eines habe ich zumindest geschafft: Ich belüge beide Männer in meinem Leben.

Heute habe ich den ganzen Tag im Garten gearbeitet, weil ich keinen fremden Menschen an meine kostbarsten Schätze lasse. Und zugegebenermaßen, weil Jared nie hierhinkommt.

Normalerweise.

Anscheinend hat er mein Versteckspiel aber ebenso satt. Als ich die Verandatür hinter ihm zuschlagen höre, zucke ich zusammen. Sein Gesicht wirkt eingefallen und fahl. »Ich vermisse dich, Amy. Du bist hier, aber wirklich bei mir bist du nicht.«

Ich lege meine Schaufel zu Boden und ziehe mir die Handschuhe aus.

»Du musst endlich mit mir reden. Du weißt doch, dass ich dich liebe. Du weißt, dass das alles schwer für mich ist. Und du weißt, was ich für dich opfern musste. Und ich würde es wieder tun.« Mit jedem Wort kommt er mir näher. Mein Instinkt rät mir, ihn wegzustoßen, aber seine Worte hindern mich daran. Tränen bahnen sich einen Weg an die Oberfläche und laufen ihm über die Wangen. Er sieht plötzlich so viel jünger aus. So viel verletzlicher.

Ich bin es ihm schuldig, ihm zuzuhören.

»Du verstehst doch, dass du mich verletzt hast, oder? Du verstehst, dass du mir verzeihen musst. Ich habe doch nur dich.«

Ich sollte es vermutlich nicht, aber ich tue es. Ich verstehe ihn. Ich nicke und sein Gesicht hellt sich auf.

»Schön! Ich würde sagen du gehst jetzt duschen und dann kochen wir etwas zusammen? Wie früher. Ich habe mir die ganze Woche frei genommen. Für dich. Und meinen Kollegen habe ich allen von deinem Basar erzählt.«

Ich hebe erstaunt die Augenbrauen. »Wirklich?«

Er streicht mir sachte über die Wange, was sich als Blitze in meinem Rücken überträgt. Am liebsten hätte ich mich ihm entzogen, aber irgendetwas hält mich davon ab. »Ja. Ich werde alles dafür tun, diese Ehe zu retten. Niemand wird uns voneinander trennen. Egal, wie sehr sie es versuchen! Niemand versteht, was wir haben.« Sein Lächeln ist so ehrlich, geht mir so nah wie schon lange nicht mehr. Tief in meinem Innern weiß ich, dass er mich wieder wegstoßen wird und dass ich laufen sollte, solange ich noch kann. Aber größer als meine Angst, größer als meine Gefühle zu Sean sind meine Schuldgefühle. Also nicke ich und gehe wortlos an ihm vorbei. Mit verwirrten Gedanken in meinem Kopf, schreibe ich Sean eine Nachricht.

Amy:
Jared hat sich entschuldigt. Er hat geweint!
Ich kann das nicht mehr. Ich will es tun, aber es fühlt sich falsch an.
Was soll ich dagegen tun? Alleine schaffe ich das nicht!
Sean! Sag mir was ich machen soll …

Sean antwortet nicht.

Er hat auch noch nicht geantwortet, als ich wieder aus der Dusche steige und mich abtrockne. Auch dann noch nicht, als ich mich angezogen habe. Unentschlossen laufe ich in meinem Zimmer auf und ab, und beschließe, ihn anzurufen. Doch er geht nicht dran. Ich raufe mir die Haare, als ich merke, dass ich kurz davorstehe, wieder in alte Muster zurückzufallen. Dabei wollte ich doch standhaft bleiben. Aber Jared kennt mich zu gut. Weiß, welche Knöpfe er drücken muss.

Weil ich ihn nicht zu lange warten lassen will, nehme ich mir ein Herz und begebe mich zu ihm in die Küche, in der er bereits alles vorbereitet hat.

»Extra kein Fleisch«, verkündet er mit einem breiten Lächeln im Gesicht. Ich kann nicht umhin, als zurückzulächeln. Mit der Schürze um die Hüfte und dem lässigen Outfit sieht er beinahe wieder aus wie früher. Einige Falten in seinem Gesicht sind dazugekommen, aber ich erinnere mich zu gut an damals.

»Das ist lieb«, antworte ich, weil ich nicht weiß, was ich sonst sagen soll. Die Stimmung ist – wie zu erwarten – distanziert und wirkt ein wenig gezwungen, aber er gibt sich Mühe. Er versucht, seinen Fehler wieder gut zu machen. Ich bin es ihm schuldig, dass ich dann zumindest versuche, ihm zu verzeihen.

Heute ist der letzte Tag, an dem Jared frei hat. Er war die komplette Woche wie ausgewechselt. Wir sind zusammen in die Stadt gefahren, nur um ein Eis zu essen. Er war kein einziges Mal eifersüchtig oder sauer. Beinahe war es wieder wie früher. Wäre da nicht diese ständige Erinnerung an das, was er getan hat. Diese alles begleitende Angst, dass er es wieder tun könnte.

Und die Gedanken an Sean, der sich seit unserem letzten Treffen nicht mehr gemeldet hat. Er hat nicht auf meine Anrufe reagiert und hat keine der Nachrichten beantwortet. Mein Herz hat mich angebettelt, ihn zu suchen. Es hat gewinselt, dass ihm etwas passiert sein muss. Aber dann hat mein Gehirn sich eingemischt und gesagt, dass ich das dann irgendwie mitbekommen hätte. Dass das Ganze vielleicht ein Zeichen ist.

Um Jared nicht zu verärgern, habe ich auch Hollie geschrieben, dass ich diese Woche keine Zeit hätte. Sie war zwar skeptisch, hat sich dann aber nicht mehr gemeldet. Vielleicht ist das der Grund, wieso es mit Jared wieder besser läuft? Vielleicht habe ich mich ablenken und beeinflussen lassen.

Er hält meine Hand und führt mich zu einem Schaufenster, in dem ein prächtiges Abendkleid ausgestellt ist. »Wäre das nicht perfekt für deinen besonderen Abend?«

Ich sehe ihn verständnislos an. »Besonderer Abend?«

»Morgen findet doch der Basar statt, mein Schatz. Und ich dachte mir, dass wir den Abend gebührend feiern. Ich bin mir hundertprozentig sicher, dass der Tag ein voller Erfolg wird.«

»Und du willst sicher nicht danach auf Mirandas Feier?«

Er hebt unsere Hände zu seinem Mund und küsst meine sanft. »Wenn du es nicht ausdrücklich wünschst, dann nicht. Wir können auch alleine feiern, mein Liebling.«

Ich denke eine Weile darüber nach. Vielleicht sind meine Absichten nicht die Nobelsten, aber ich will mich persönlich von Sean verabschieden. Ich muss ihm in die Augen sehen, wenn ich ihm sage, dass es aus ist. Dass ich meiner Ehe eine letzte Chance gebe. Es einfach muss. Und dass niemand es verdient, betrogen zu werden. Egal, wie schön die Zeit mit ihm war. »Von mir aus können wir gerne dahingehen.«

Wie Jared es vorhergesagt hat, ist der Basar ein voller Erfolg. Richter und Rechtsanwälte tummeln sich auf dem großen Sportplatz und geben viel zu viel Geld aus. Vermutlich um ihr Gewissen zu erleichtern und mit einem guten Gefühl in ihre millionenteuren Villen zurückkehren zu können. Uns jedenfalls ist es egal, aus welchem Grund sie es machen. Schnell haben wir die Hälfte unseres Budgets zusammen und die zweite Hälfte folgt ebenso flott.

Die Kinder toben umher und reden mit den Juristen, als wären sie alte Freunde.

Jared steht neben mir am Stand – wie den ganzen Tag bereits – und schwatzt einem seiner Kollegen einen unidentifizierbaren Holzklumpen an. Er verkauft ihn als Einzelstück und besonderen Eyecatcher auf dem Mittagstisch. Grinsend beobachte ich ihn dabei und komme zu dem Schluss, dass er seine Berufung verfehlt hat.

»Na? Damit hättest du nicht gerechnet, oder? Dass dein Mann so ein Meisterverkäufer ist«, prahlt er breit grinsend und zieht mich an sich.

»Ich entdecke immer neue Seiten an dir.«

»Vielleicht hast du deine Zeit einfach zu sehr mit anderem verschwendet. Aber ich vergebe dir deine vorrübergehende Verirrung. Jetzt bist du wieder genau da, wo du hingehörst. An meiner Seite.«

Ich sehe zu ihm hoch und entdecke Entschlossenheit in seinen Augen. Immer öfter frage ich mich, ob er etwas ahnt. Und dann frage ich mich, wieso ich hoffe, dass er es tut. Lächelnd lehne ich mich kurz an ihn, fühle aber nicht dieses Kribbeln. Um genau zu sein fühle ich rein gar nichts. Aber ich rede mir immer wieder ein, dass es bloß Zeit braucht. Ich habe ihn einst sehr geliebt, irgendwann wird diese Liebe erneut aufleben. Bestimmt.

Begeistert schlendere ich über den Sportplatz und begutachte die beinahe leeren Tische. Einige der Mütter winken mir breit lächelnd zu. Auch für sie war es ein voller Erfolg. Die wenigsten der Familien können sich eine Reise leisten, da das meiste Geld für die Pflege ihrer Kinder draufgeht. Das Strahlen der Kleinen begleitet mich bereits den ganzen Tag und jetzt, wo die meisten Besucher wieder abgereist sind, überkommt mich eine Welle des Glücks. Auch, wenn in meinem Leben gerade alles auf dem Kopf steht, ich meinen Gefühlen nicht mehr trauen kann, und nicht weiß, was die richtige Entscheidung ist, zählt im Moment nur das hier. Nur diese strahlenden Gesichter und ihre Freude.

Sally kommt zu mir gelaufen und hängt sich mit ihrem vollen Gewicht an meinen Körper. Mit dem breitesten Lächeln, das ich jemals gesehen habe, sieht sie mich von unten an. »Das war soooo cool! Freust du dich auf Disney World?«

Ich nicke und streiche ihr über die dünnen blonden Haare. »Sehr! Und du?«

Sie nickt ebenfalls heftig. »Kommt Sean auch mit? Er war wirklich cool. Ihn mag ich viel lieber als den da!«, sagt sie und zeigt völlig ungeniert auf Jared, der uns hoffentlich nicht hört. Ich schenke ihm ein gezwungenes Lächeln und bete, dass er es mir abkauft.

»Nein, Sean wird leider nicht mehr kommen. Er hat sehr viel zu tun.«

Sally zieht eine Grimasse. »Ich dachte du wärst in ihn verliebt!«

Ich zucke zusammen. »Wie kommst du denn darauf?«

Sally legt den Kopf an meinen Bauch und zuckt mit den Schultern. »Ihr habt euch immer so angelächelt, als wärt ihr verliebt. Ich gucke manchmal schon Liebesfilme, weißt du!« Als ihre Mutter, Maggie, mir einen mitleidigen Blick zuwirft und Sally zu sich ruft, frage ich mich, ob alle so denken. Ob wir vielleicht wirklich so ausgesehen haben. Wenn ja, ist das nur ein Grund mehr, heute Abend mit ihm zu sprechen und mich endgültig von ihm zu verabschieden. Wie schwer das auch werden mag.

»Kommst du, Liebling?« Erschrocken fahre ich zusammen, als Jared einen Arm um meine Taille legt.

»Wohin?«, frage ich verwirrt. Er zieht nur die Augenbrauen zusammen, sodass eine steile Falte auf seiner Stirn entsteht. »Zu Mirandas Feier. Du musst dich noch umziehen. Ich habe das Kleid nicht umsonst gekauft. Und so kannst du unmöglich da auftauchen.« Er hebt abschätzig eine Augenbraue und begutachtet mein Outfit. Natürlich hatte ich nicht vor, in den Klamotten, mit denen ich den ganzen Tag hier stand, auf die Feier zu gehen, aber ganz so schlimm sehe ich nun wirklich nicht aus. Mit einem schlichten, schwarzen Etuikleid hat man noch nie etwas falsch gemacht.

Weil ich mich nicht mit Jared streiten will und ich sonst gar nicht mehr weiß, wie ich anders auf eine Stichelei seinerseits eingehen soll, frage ich mich, was ich Sean darauf antworten würde. Ich hebe lächelnd eine Augenbraue – obwohl sich das mehr als seltsam anfühlt – und lege ihm eine Hand auf die Schulter. »Findest du mich etwa nicht hübsch?«, ärgere ich ihn. Sean würde mich an sich ziehen und mir mit diesem intensiven Blick sagen, dass ich wunderschön bin. Aber Jared ist nicht Sean …

Er wirft mir nur einen verwirrten Blick zu. »Sei nicht albern.« Abrupt löse ich meine Hand von seiner Schulter und entferne mich einen Schritt von ihm. Ich habe ganz vergessen, wie schnell er seine Launen wechseln kann. Eben noch der charmante Göttergatte, jetzt der unsensible Gebieter.

»Tut mir leid,« murmle ich und fühle mich mit jeder Sekunde unwohler in meiner Haut. Wie konnte ich denken, dass es nur noch gute Momente geben wird? Langsam beginnen wir uns von allen zu verabschieden, um danach schnurstracks nach Hause zu fahren, um uns fertig zu machen.

Wie zu erwarten, sieht Sean atemberaubend aus. Die Haare hat er zum ersten Mal, seit ich ihn kenne ordentlich gekämmt. Mit einem adretten Lächeln und unwiderstehlichen Grübchen begrüßt er die Leute. Sein schwarzer Smoking sitzt perfekt an seinem durchtrainierten Körper. Er gibt nicht zu viel Preis, lässt die weiblichen Besucher aber erahnen, was sich darunter versteckt. Ich entdecke eine Gruppe junger Frauen, die ihn verschmitzt aus einer Ecke heraus begutachten. Sofort flammen Eifersucht und Besitzansprüche in mir auf, obwohl ausgerechnet ich diese Gefühle nicht haben dürfte. Jared lässt meinen Arm los und begrüßt Miranda mit einem Handkuss. Beinahe will ich die Augen verdrehen, aber der Anblick, der sich mir dann bietet, lässt alles erblassen. Jared steht neben Sean, der sich sofort versteift.

Ich mustere beide. Jared sieht gut aus. Elegant, schick. Aber im Gegensatz zu Sean ist er nichts. Seans Ausstrahlung wirkt auch in der Distanz auf mich, lässt meinen Körper kribbeln, jagt mir Blitze durch die Muskeln. Sie wollen sich bewegen: Am Liebsten in seine Arme hinein. Ich wusste, dass es schmerzen würde, ihn zu sehen. Dass er mich aber so sehr aus dem Konzept bringt, hätte ich nicht gedacht. War ich bis eben nicht noch stark und überzeugt von meiner Entscheidung?

Als sich seine durchdringenden Augen auf mich richten und mich regelrecht zu durchbohren scheinen, zweifle ich immer mehr. Sein Blick wandert von meinem Gesicht über meinen Körper und wenn seine Sehnsucht nur halb so groß nach mir wie meine nach ihm ist, muss er sich stark beherrschen, Jared nicht einfach aus dem Weg zu boxen und über mich herzufallen. Ich jedenfalls muss mich an dem Treppengeländer festhalten, um dem Zittern meiner Beine nicht nachzugeben.

Als ich es nicht länger aushalte, dränge ich mich an allen vorbei, begrüße Miranda hastig – weil ich sonst eine Predigt von Jared erwarten könnte – und mache mich auf die Suche nach etwas Alkoholischem. Auf die Suche nach etwas Hochprozentigem am besten.

Die Party ist unglaublich langweilig! Irgendwann habe ich tatsächlich Daisy in der Menge entdeckt und gehofft, dass sie mich ein wenig von der Tatsache ablenken könnte, dass Sean mir jeden Moment über den Weg laufen könnte. Sie erzählt mir von der Maniküre, von der neuen Boutique, in der sie beinahe jeden Tag ist, und dann lästert sie über irgendeine Person, deren Namen ich nicht einmal kenne. Wie konnte ich diese Person so lange ertragen? Ich muss mich zusammenreißen, um nicht genervt die Arme in die Luft zu werfen und stöhnend davonzugehen. Stattdessen klammere ich mich an mein Glas, zähle die Sekunden, die ich ihm erfolgreich aus dem Weg gegangen bin, und nicke hier und da. Als ich einen weiteren Schluck von meinem Punch nehme – der viel zu schwach gemischt ist! – bemerke ich Daisys fragenden Blick. Ich verschlucke mich und muss husten.

»Tschuldigung. Ich habe dir nicht zugehört, was hast du gesagt?«

Sie schnauft, wiederholt ihre Frage aber. »Hast du dem Geburtstagskind schon gratuliert?« Ich hebe eine Augenbraue. »Na Sean Harris! Er wird heute 26. Knuffig, oder?« Sie belächelt sein Alter. Dass ich selbst noch jünger bin als er, verschweige ich an dieser Stelle. »Aber süß ist er ja!« Sie stupst mich mit dem Ellenbogen in die Seite. Ich lächle matt, obwohl ich sie am liebsten zurückgestoßen hätte. Und zwar so, dass sie kopfüber in den Punsch gefallen wäre.

»Kann schon sein«, sage ich schulterzuckend und lege ihr eine Hand auf den Arm. »Dann gehe ich ihm mal gratulieren.« Ich hätte alles getan, um

Daisy loszuwerden. Alles! Sogar Sean gegenübertreten, obwohl ich ihm den ganzen Abend gekonnt ausgewichen bin. Wieso hat er mir nicht erzählt, dass er Geburtstag hat? Und wieso versucht mein bescheuertes Herz mir einzureden, dass das ein Grund ist, wieso ich mein Vorhaben nicht in die Tat umsetzen kann? Ich muss ihn finden, solange mein Verstand noch Überhand hat. Damit das so bleibt, stelle ich mein Glas auf den erstbesten Beistelltisch, der mir auf meinem Weg begegnet.

Sean sitzt in einem breiten Sessel. Ein Bein lässig über das andere gelegt und hört einem jungen Kerl zu, der während dem Sprechen ausladende Gesten macht. Der Inhalt seines Glases scheint Sean allerdings mehr zu interessieren als das Gelaber. Ich beschließe, ihn zu retten. Mit wild pochendem Herzen schlängele ich mich durch die Menschenmenge und bleibe knapp vor ihm stehen. Als sein Gesprächspartner seinen Redefluss unterbricht, wandert Seans Blick von meinen Füßen bis hoch zu meinem Gesicht. Seine Mundwinkel zucken kaum merklich. Etwas Beruhigtes, Zufriedenes legt sich um seine Züge.

»Jeremy, ich muss dich kurz alleine lassen.«

»Genau, ich habe dem Geburtstagskind noch gar nicht sein Geschenk gegeben.« Das Wort Geburtstagskind betone ich extra, weil Sean vermutlich weiß, dass ich keine Ahnung und in Folge dessen auch kein Geschenk habe.

Er springt grinsend auf, nimmt mich bei der Hand und zieht mich hinter sich her in einen abgeschlossenen Salon. Mit einem Schulterblick vergewissere ich mich, dass niemand uns beobachtet. Wie tief kann man eigentlich noch sinken?

Sean schließt die Tür hinter mir und drückt mich dagegen. »Ich habe dich vermisst.«

Mein Herz stockt. Entsetzt reiße ich die Augen auf. Wie kann er keine Ahnung haben, was ich ihm sagen will? Wie kann er eine Woche einfach untertauchen und dann so tun, als sei nichts passiert?

»Hast du meine Nachrichten nicht bekommen?«, frage ich leise, aber bestimmt.

Endlich scheint Sean zu merken, dass sich etwas verändert hat. Obwohl mein Herz das überhaupt nicht so sieht. Wenn ich nach diesem Verräter ginge, würde ich ihm um den Hals fallen und Dinge gestehen, die ich mir nicht einmal selbst eingestehen will.

»Bist du sauer auf mich?«

»Wieso hast du dich nicht gemeldet?«, frage ich weiter, ohne auf seine einzugehen.

»Ich musste mit meiner Mutter weg. Es kam alles so spontan, dass ich mein Handy zu Hause vergessen habe.«

Er hat sein Handy vergessen. Er wollte mich nicht verletzen, aber er hat es getan. Er ist schuld, dass ich Jared vergeben habe! Weil ich wieder alleine war. Weil ich schwach bin.

»Du warst nicht auf dem Basar, obwohl du versprochen hast, dass du mich unterstützt.« Meine Stimme bricht und ich senke den Kopf. Ihn über mich selbst schüttelnd. »Du hast versprochen, bei mir zu bleiben.« Ich klammere mich an diese Aussage, denn eine andere könnte ich ihm ohnehin nicht auftischen. Er muss glauben, dass es nur deshalb ist. Er muss mich loslassen, im Gedanken, dass ich ihm nicht genug vertraue. Nicht, im Wissen, dass es an Jared liegt. Das wird er nicht zulassen. Es erschreckt mich, wie gut ich ihn schon kenne.

»Amy, es tut mir leid, dass ich nicht gekommen bin! Wir kamen erst heute Morgen von der Reise zurück und meine Mutter hat mich gebraucht.«

»Ich habe dich auch gebraucht, als ich dir zum ersten Mal geschrieben habe! Aber du hast nicht einmal geantwortet«, antworte ich und mein Herz droht aus meiner Brust zu springen. So sehr sehnt es sich nach ihm, so sehr schmerzt es aber auch gleichzeitig. Ist es das alles wert? Diese Schmerzen?

»Ich hatte mein Handy doch vergessen!«, ruft er verzweifelt und versucht mir ins Gesicht zu sehen, obwohl ich es immer wieder wegdrehe. Ich kann das nicht mehr »Ich hätte dir geantwortet! Glaub mir das, bitte!« Ich senke den Blick, versuche stark zu bleiben. Aber Sean nimmt mein Gesicht endgültig in die Hände und zwingt mich so, ihn anzusehen. »Er hat dich wieder um den Finger gewickelt, stimmt´s?«, murmelt er trocken.

Ich reiße mich los und öffne die Tür. »Ich gehe jetzt zu meinem Mann! Es tut mir leid, dass du mich kennenlernen musstest. Ich wünschte, es wäre anders.«

Nie hätte ich gedacht, dass man das Brechen eines Herzens sehen kann, aber ich kann in Seans Gesicht genau den Augenblick erkennen, in dem es passiert. Es stimmt. Ich hätte ihm gewünscht, dass er mich niemals kennengelernt hat, auch, wenn er mir die beste Zeit meines Lebens geschenkt hat. Ich habe ihm nur Trauer hinterlassen.

Mit Tränen in den Augen, versuche ich den Kloß in meinem Hals hinunterzuschlucken. Ohne mich ein weiteres Mal umzudrehen, renne ich hinaus. Ich renne an schemenhaften Gestalten vorbei und es ist mir egal, ob sie sich fragen, was mit mir los ist. Ich will sie alle nicht mehr sehen. Sobald die Autotür hinter mir ins Schloss fällt, breche ich in Tränen aus …

Ich weine. Ich weine so lange und innig, bis irgendwann keine Tränen mehr vorhanden sind und ich mit heftig pochendem Kopf die Augen schließe.

Als Jared kommt, tue ich so, als wäre ich eingeschlafen. Morgen werde ich ihm einfach erzählen, ich hätte zu viel getrunken.

Vielleicht erklärt das auch meine blutunterlaufenden Augen.

Es reicht, wenn ich die Wahrheit kenne.

Kapitel 15

Sean

Ich halte das nicht mehr aus! Seit meinem Geburtstag vor zwei Wochen bin ich ein einziges Wrack. Die Reise mit meiner Mutter war anstrengend und nervenaufwühlend. Immer noch will sie mich in ihrer Kanzlei wissen und schleppt mich überall mit hin. Mein einziger Lichtpunkt war sie wiederzusehen. Und dann verabschiedet sie sich so von mir? Amy beantwortet keine meiner Nachrichten. Sie drückt meine Anrufe weg und nimmt die Briefe, die ich Hollie für sie mitgebe, nicht an. Auch Hollie macht sich Sorgen um sie. Nur noch selten will Amy sie überhaupt sehen und dann sitzen sie nur schweigend im Garten. Wie konnte ich das nur zulassen? Tief in meinem Inneren wusste ich, dass dieser Moment irgendwann kommen würde. Mir war klar, dass er sie wieder für sich gewinnen würde, weil Männer wie Jared genau wissen, dass sie ihre Frauen am Haken haben. Er musste ihr vermutlich nur etwas versprechen und schon hat ihr gutes Herz wieder zugeschlagen.

Ich mache ihr das nicht einmal zum Vorwurf. Ich weiß, dass irgendetwas die beiden eng miteinander verbindet. Ich weiß nur nicht was.

Ich habe Amy nicht bedrängt, wollte ihr Freiraum lassen, aber ich muss einfach wissen, ob es endgültig aus ist. Diese Unwissenheit halte ich nicht länger aus.

Ich sitze am Esstisch meiner Mutter gegenüber und stochere lustlos auf meinem Teller herum. Der Appetit ist mir schon längst vergangen.

»Was bedrückt dich?«, fragt meine Mutter und sieht mich in einer

Mischung aus Mitleid und Neugierde an. Ich habe ihr noch nichts über Amy und mich erzählt. Sie ist meine Mutter, aber sie ist ebenfalls eine Bekannte von Jared. Aber würde sie ihm etwas erzählen? Ich blicke hoch in ihr faltiges Gesicht, das mich all die Jahre getröstet hat. Sie war zwar nie eine besonders führsorgliche Frau und hat mich nicht mit Mütterlichkeit überrollt, aber sie war stets für mich da.

»Ich habe mich verliebt«, gestehe ich und sehe sie genau an. Ihr Ausdruck verändert sich kein Bisschen.

»Ich habe es geahnt.«

Verblüfft hebe ich eine Augenbraue. »Ehrlich?«

Sie nickt langsam. »Aber natürlich. Ich kenne dich, Sean. Du bist mein Sohn. Denkst du etwa, ich merke nicht, wenn mein Kind sich unglücklich verliebt hat? Ich wünschte nur, es wäre keine verheiratete Frau, die du auserkoren hast.« Natürlich weiß sie sofort, um wen es geht. Meine Mutter ist nicht dumm. Auch wenn sie nicht immer alles sofort anspricht, bekommt sie mehr mit, als man vielleicht denkt.

Ich lache matt. »Ich war nicht unglücklich. Bin es jetzt erst geworden. Aber glaub mir, das wünschte ich auch. Hätte sie zumindest einen netten Mann, aber Jared ist ein Arschloch.«

»Sean. Bitte keine solche Ausdrücke!«, schimpft sie und schürzt die Lippen.

»Aber es stimmt. Meiner Meinung nach, solltest du ihn keinesfalls als Partner in Betracht ziehen. Und das hat nichts mit meinen Gefühlen zu tun. Er ist ein Psycho!«

Meine Mutter stützt sich auf die Ellenbogen und sieht mich genau an. »Dann werde ich das nicht.« Sie greift über den Tisch hinweg nach meiner Hand. »Wenn du sie wirklich liebst, solltest du mit ihr reden und es ihr sagen, mein Junge.« Sie hält nichts von Amy, das weiß ich, dennoch kann auch sie es offenbar nicht ertragen, wenn ihr Kind leidet. Ich schweige einen Augenblick, denke über ihre Worte nach und nicke dann. »Das werde ich.«

Wie ein perverser Spanner sitze ich in den Hecken auf der gegenüberliegenden Straßenseite und beobachte ihr Haus. Als ich Jared mit seinem Bonzen-Auto den Hof verlassen sehe, spreche ich mir ein letztes Mal Mut zu und sprinte über die Straße. Ich bin mir sicher, dass ich jeden Moment auf den Boden kotze, so verflucht aufgeregt bin ich! Es muss reichlich dämlich aussehen, wie ich mit zitterndem Finger auf der Klingel verharre und bete, dass die Tür einfach aufgeht. Aber natürlich geht sie nicht auf.

Ich schüttle über mich selbst den Kopf, weil ich mich wie ein verdammter Schwachkopf benehme, und drücke auf den goldenen Knopf. Ich bin mir sicher, dass ich in meinem Leben noch nie so aufgeregt war. Versucht lässig lehne ich mich an dem kleinen Vorsprung an, was aber nur dazu dient, meine zitternden Gliedmaßen zu entlasten. Nach einigen Sekunden höre ich, wie sich die Haustür öffnet.

Und sofort ist die Coolness vergessen.

Ich sacke ein ganzes Stück in mich zusammen und sehe sie einfach nur an. Und Amy sieht mich an.

Niemand sagt ein Wort, aber wir beide spüren den Druck auf unseren Herzen, da bin ich mir sicher. Ihre Augen wirken matt und leblos.

»Was ist passiert, Amy?«

»Nichts«, murmelt sie.

»Hat er dir wehgetan?« Sie schüttelt den Kopf. »Lässt du mich rein?« Ihre Augen fliegen über mein Gesicht, als müsse sie sich vergewissern, dass ich es wirklich bin. Dass der Mann vor ihr steht, der sie die letzten Monate so oft zum Lachen gebracht hat. Seufzend tritt sie zur Seite und lässt mich eintreten. Dass es ihr so schwerfällt, tut weh. »Wieso tust du das?«, frage ich schmerzlich.

»Was denn?«

»Du weißt genau, was. Was wir hatten war nicht perfekt, aber du warst doch glücklich, oder?« Ich gehe ein paar Schritte auf sie zu, aber als sie sich versteift, bleibe ich stehen.

»Ja«, haucht sie. »Aber nur solange wir zusammen waren. Danach war es nur schlimmer.«

»Aber wir können doch einfach für immer zusammen sein? Du musst ihn nur verlassen.« Ich höre selbst, wie verzweifelt ich klinge. Und ich bin es auch. Nie zuvor hat eine Frau mir so viel bedeutet. Nie zuvor hätte ich auch nur daran gedacht, eine Frau anzubetteln, mit mir zusammen zu sein. Amy antwortet nicht. Ihr laufen Tränen über die Wangen, sie macht aber keine Anstalten, sie wegzuwischen. »Du hast mir versprochen, mir meinen Wunsch zu erfüllen, Amy.«

Verwirrt kneift sie die Augen zusammen. Ihr Körper ist zusammengesunken, ihre Haut blass. Wie konnte sie sich in zwei Wochen so sehr verändern?

»Drei Tage nachdem Jared dich geschlagen hat. Du hast doch nicht vergessen, was er getan hat, oder?« Ich bin so schwach. Sie macht mich schwach. Wie erbärmlich ist es von mir, sie daran zu erinnern? Als ob sie dies vergessen hätte.

»Nein. Ich erinnere mich.« Sie schluckt schwer und sieht zu Boden.

»An dem Tag hast du es mir versprochen. Ich wünsche mir nichts sehnlicher, als dass du ihn verlässt. Nicht einmal meinetwegen. Und wenn du mich danach nie wiedersehen willst, ist das auch okay. Aber ich ertrage es einfach nicht, dich so zu sehen.« Meine Stimme wird immer schwächer. Meine Angst um sie ist alles, was mich noch aufrecht stehen lässt.

»Ich kann nicht.« Ihre Stimme bricht, als sie das Gesicht in ihren Händen vergräbt. Und damit bricht sie auch mich. Ich nehme sie schützend in die Arme und streiche ihr über den Kopf.

»Dann schenk mir zumindest eine letzte Nacht.«

Obwohl es nur ein kläglicher Versuch war, sie doch noch umzustimmen, und ich damit gerechnet habe, dass sie mich rausschmeißt, nickt sie langsam.

»Ich sage Jared, dass ich ins Wellnesshotel gehe.«

Ich hasse es, dass sie immer sofort an ihn denkt, aber wenn das bedeutet, dass ich sie noch ein letztes Mal nur für mich haben kann, werde ich das akzeptieren. Zögernd greife ich nach ihrer Hand und ziehe sie mit mir hinaus.

Es ist seltsam zu wissen, dass dies das letzte Mal sein wird, dass sie bei mir ist. Ich versuche nicht daran zu denken, aber mein Herz erinnert mich sekündlich daran. Meine Augen versuchen jede Kleinigkeit an ihr in sich aufzunehmen. Wir sitzen auf der Terrasse, wie wir es schon so oft gemacht haben, aber dieses Mal ist es anders.

Ich weiß es. Sie weiß es.

Die Spannung ist beinahe greifbar. Wir versuchen uns nicht an Smalltalk, das passt nicht zu uns. Wissen aber auch nicht, wie wir miteinander umgehen sollen. In ihren Augen sehe ich, dass sie etwas für mich empfindet und ihr dieser Abschied genauso schwerfällt wie mir.

Vielleicht fällt er ihr sogar noch schwerer. Keine Ahnung!

»Du willst wissen, was es kompliziert macht, oder?«, fragt sie mit leiser Stimme. Über den Wind, der ihr die kupferroten Haare durchs Gesicht weht, hinweg höre ich sie beinahe nicht.

Ich rutsche näher mit dem Stuhl und lege eine Hand auf ihr Knie. »Wenn du es mir sagen willst.«

Sie nickt langsam und greift um ihr Medaillon. Das erste Mal seit ich sie kenne, öffnet sie es in meiner Gegenwart. In seinem Innern sind zwei Bilder. Auf dem Einen sieht man ein älteres Pärchen, das vermutlich ihre Eltern abbildet. Auf dem anderen ein Baby.

Mit Tränen in den Augen streicht sie über das Bild. »Das ist Noah. Mein größter Schatz.« Sie atmet tief durch und sieht mir wieder in die Augen. »Er wurde nur sieben Monate alt. Das ist jetzt schon vier Jahre her. Es ist meine Schuld, dass er tot ist.« Ihre Stimme ist heiser und immer mehr Tränen sammeln sich in ihren Augen, die sich langsam den Weg hinaussuchen. Ohne zu zögern, ziehe ich sie von ihrem Stuhl auf meinen Schoß und schließe die Arme um ihren Körper.

»Es ist sicher nicht deine Schuld, Amy«, versuche ich sie zu beruhigen, obwohl ich keine Ahnung habe, was damals passiert ist.

Sie schluchzt und nickt heftig mit dem Kopf. »Doch! Er war krank und das war meine Schuld. Ich hab es an ihn weitergegeben!« Sie setzt sich geradehin und reibt sich über das Gesicht. Wischt sich die Tränen weg und lächelt traurig. »Noah ist an einer Krankheit gestorben, die ich ihm vererbt habe.«

»Aber das ist doch dann trotzdem nicht deine Schuld!«

Sie zuckt mit den Schultern. »Er ist meinetwegen tot, Sean. Und als mir das klarwurde, habe ich versucht, mich umzubringen.« Mein Herz macht einen Ruck. Könnte man ein Knacken des Herzens hören, würde man nun das absolute Zerbersten aus meiner Brust entnehmen. Amy hat versucht sich umzubringen! Weil ich nicht weiß, was ich darauf sagen kann, schweige ich und starre sie nur an.

»Ich war eine ganze Zeit lang im Krankenhaus – wo ich auch Hollie besser kennengelernt habe, die da gejobbt hat. Ich kannte sie zwar schon vorher, aber nur flüchtig. Jared hat mich gefunden. Er war die ganze Zeit für mich da. Er hat eine super Stelle in einer Kanzlei aufgegeben, um bei mir sein zu können. Er hätte alles aufgegeben. Aber Noahs Tod hat ihn ebenfalls zerstört. Und mein Selbstmordversuch vermutlich nur noch mehr.« Ich streiche ihr über die Haare, immer noch unfähig, etwas zu sagen. »Ich kann ihn nicht verlassen, weil es alles meine Schuld ist, wie er jetzt ist.« Sie schluchzt nur noch heftiger. »Früher war er ein so guter Mensch!«

Langsam verstehe ich ihre Lage. Sie fühlt sich schuldig. Dennoch kann sie nicht ernsthaft glauben, dass sie es verdient hat, so behandelt zu werden.

»Aber das gibt ihm nicht das Recht, so mit dir umzugehen. Er hat dich geschlagen, Amy.«

»Ich verstehe es selbst nicht«, wimmert sie. »Ich wünschte, ich könnte ihn einfach verlassen. Wenn ich bei dir bin, habe ich das Gefühl, dass ich es kann. Aber wenn ich ihn sehe. Wenn ich die Trauer in seinen Augen sehe, erinnert es mich daran, dass ich daran schuld bin. Wie kann ich ein glückliches Leben führen, wenn er es meinetwegen nicht kann?« Langsam und bedacht streiche ich ihr über die Haare, übers Gesicht, über den Rücken. Ich habe keine Ahnung, was ich sagen kann, um ihr zu verstehen zu geben, dass sie das nicht tun muss. Dass sie ihr eigenes Leben leben muss und nicht für das von Anderen verantwortlich ist. Also spreche ich das Thema nicht an.

»Was genau hatte Noah? Müsstest du nicht auch krank sein, wenn du es ihm vererbt hast?«, frage ich und fahre immer wieder über die Haare.

Gedankenverloren fummelt sie an dem Medaillon, legt ihren Kopf an meine Schulter. »Eine spinale Muskelatrophie. Ich bin nur Träger.«

Ich hoffe, dass ich nicht zu weit gehe, aber ich will sie davon überzeugen, dass es nicht ihre Schuld ist. »Ich bin kein Arzt, aber müssten nicht beide Elternteile Träger sein, damit das Kind daran erkrankt?«

»Ja.«

Mit den Fingern berühre ich ihr Kinn, sodass sie zu mir hochsieht. Ein winziges Lächeln umspielt meine Lippen. »Dann bist du nicht schuld, Amy.«

Sie lehnt sich wieder zurück. »Nicht alleine. Und trotzdem fühlt es sich so an.«

Kapitel 16

Amy

Vier Jahre früher

Er ist tot. Mein Baby ist tot. Nach so vielen Monaten in denen wir gekämpft, gehofft, gebetet haben. Aber er war einfach zu schwach. Sein kleines Herz war nicht stark genug. Immer noch sehe ich sein fahles Gesicht. Seine schlaffen Arme und Beine. Immer noch habe ich seinen Duft in der Nase. Es gibt nichts, was jemals wieder so gut riechen wird wie er. Ich vermisse alles an ihm. Sein Lachen, sein Weinen, seine aufmerksamen Blicke. Ich vermisse es, ihn zu halten und zu lieben. Noah ist tot und mit ihm ist ein Teil von mir gestorben.

Nein. Mit ihm bin ich gestorben.

Es ist jetzt schon zwei Monate her, dass wir ihn zu Grabe getragen haben. Und es sind genau zwei Wochen her, seit ich versucht habe, mich umzubringen. Wie schnell die Zeit vergeht. Sie verfliegt. Irgendwann wird sich niemand vom Krankenhauspersonal mehr an uns erinnern. Aber ich werde diese Zeit hier niemals vergessen.

Jared sitzt zusammengesunken in dem Stuhl neben meinem Bett. Ich merke immer öfter, wie schwer es ihm fällt, mich anzusehen. In meinem Herzen spüre ich, dass sich nun alles verändert hat. Wir waren glücklich zusammen. Noah hat dieses Glück nur komplett gemacht. Aber auch das hat er mit sich genommen. Die Stimmung zwischen uns ist angespannt. Ich wage es kaum, ihm in die Augen zu sehen, weil da nichts als Trauer ist. Beinahe hätte er zwei Menschen verloren, die er liebt. Ich weiß, wie egoistisch ich war, aber ich habe diesen Schmerz nicht mehr ausgehalten. Wollte nicht mehr damit leben müssen, dass ich auch eine gewisse Schuld an dem Tod meines kleinen Jungen trage.

Jared bewegt sich. Sein Anzug ist verknittert. Er arbeitet nur ein paar Stunden am Tag und hat jetzt verkündet, dass er die nächsten Wochen – oder Monate ganz zu Hause bleibt. Ganz bei mir bleibt, damit ich keine Scheiße baue.

»Du musst nicht stundenlang auf dem Stuhl hocken. Geh nach Hause. Hier werde ich mir kaum etwas antun können!« Ich klinge gemeiner, als ich will. Eigentlich will ich ihm sagen, wie leid es mir tut. Aber sobald ich den Mund öffne, kommen nur Gemeinheiten oder Schluchzer heraus. Ich erkenne mich nicht wieder. Niemand tut das.

Rose und die anderen Mädels besuchen mich jeden Tag. Bringen mir Schokolade, Filme, Zeitschriften und allerlei Klatsch und Tratsch mit. Früher konnten sie jedes Wehwehchen heilen. Aber diese ist zu groß.

Sobald ich ihre Stimmen im Flur höre, schließe ich die Augen und tue so, als würde ich schlafen. Niemand wagt es, mich aufzuwecken, egal wie lange sie warten.

Bis auf Hollie.

Hollie ist etwa in meinem Alter, arbeitet als … ich habe keine Ahnung, als was sie wirklich hier arbeitet. Jeden Tag kommt sie in mein Zimmer, schickt jeden hinaus, dem ich meine schlafende Show vorspiele und setzt sich zu mir aufs Bett. Hollie hat keine Rücksicht. Sie weckt mich, lächelt mich mit ihrem breiten Grinsen an und zwingt mich, mit ihr zu sprechen. Meistens reicht es, wenn ich ihr zuhöre, aber manchmal will sie meine Meinung zu Dingen wissen, die mich allesamt überhaupt nicht mehr interessieren. Manchmal bringt sie auch Spiele mit, die ich am liebsten quer durch das Zimmer schmeißen würde. Um genau zu sein, habe ich das mehr als einmal getan.

Manchmal sitzt sie allerdings einfach nur da, hält meine Hand und streicht sanft darüber, während ich weine. Bei niemandem kann ich weinen. Keiner erträgt meine Trauer und meinen Schmerz. Bis auf Hollie. Dafür liebe ich sie. Und hasse sie zugleich.

Jared erhebt sich, lässt seine Knochen knacken und setzt sich zu mir aufs Bett. »Ich werde immer bei dir sein. Du bist das letzte, was ich noch habe. Wenn du mich auch noch verlässt, habe ich nichts mehr. Ich liebe dich, Amy. Auch, wenn es unendlich wehtut, dich hier zu sehen, werde ich immer wiederkommen.«

Er hält meine Hand, fixiert mein Gesicht, aber ich kann ihn nicht ansehen. Will seine Verzweiflung nicht sehen, weil ich weiß, dass ich daran Schuld trage.

Zehn Wochen. Meine Freundinnen kommen überhaupt nicht mehr. Jared redet kaum noch. Und ich liege immer noch im Bett und versuche über den Tod meines Sohnes hinwegzukommen.

Vor einigen Wochen hat Jared ein Angebot einer großen Kanzlei abgelehnt. Er versichert mir zwar, dass er alles für mich tun würde und es ihm nichts ausmacht, aber ich merke, wie er sich verändert. Von Tag zu Tag mehr. Er verschließt sich. Wird schneller wütend, wenn ich nicht die Ergebnisse erziele, die er sich vorstellt. Ich besuche täglich eine Therapie und Jared zufolge müsste ich mittlerweile wieder gesund sein. Dabei frage ich mich, ob ich überhaupt jemals wieder gesund werde.

Hollie kam vor etwa zwanzig Minuten und macht einen total bescheuerten Test aus einem Frauenmagazin mit mir.

»Den ersten Kuss bekamst du auf: A, dem Pausenhof. B, am Strand bei Sonnenuntergang. Oder C, nachts vor deiner Haustür?«

Skeptisch ziehe ich eine Augenbraue hoch. »D, auf dem Schulklo. Was ist das für ein bescheuerter Test? Wer bekommt denn seinen ersten Kuss vor einem Sonnenuntergang? Wer küsst sich überhaupt vor dem Sonnenuntergang.« Ich verdrehe die Augen.

Hollie ahmt mich nach. »Du bist sowas von unromantisch! Warts nur ab. Irgendwann küsst jemand dich vorm Sonnenuntergang! Du musst einfach nur daran glauben, dass alles wieder gut wird, Amy. Irgendwann wird alles wieder gut.«

Ich lehne mich zurück in die weichen Kissen und hoffe, dass sie recht hat. Vielleicht wird ja irgendwann alles besser.

Kapitel 17

Ich spüre, dass Amy immer trauriger wird, und kein Gerede, egal wie ermutigend es sein wird, ihre Stimmung wieder aufhellen kann, also versuche ich mich an einem aufmunternden Lächeln. »Erinnerst du dich an den Tag am Strand? Wo wir die Realität für einen Tag haben Realität sein ließen?«

Sie nickt.

»Wenn du mir den anderen Wunsch nicht erfüllen kannst, dann wünsche ich mir, dass wir diese Nacht zu dem Tag am Strand machen. Vergessen wir einfach, was morgen ist. Eine letzte Nacht, die ich für den Rest meines Lebens im Herzen tragen kann. Ein letztes Mal, für immer.« Bei dem letzten Satz wird meine Stimme immer leiser. Amys Mundwinkel ziehen sich quälend langsam nach oben, auch wenn das Lächeln ihre Augen nicht erreicht.

»Das wäre schön.«

Hand in Hand laufen wir mit nackten Füßen durch das Wasser. Mittlerweile ist es stockdunkel geworden. Sobald wir es ausgesprochen haben, war es so. Es war, als gäbe es nur noch uns. Wir haben unsere Schuhe achtlos liegen lassen, sind zum Wasser gerannt und haben geredet. Über Gott und die Welt – sie glaubt, dass es irgendetwas geben muss, aber einen »Gott« will sie sich einfach nicht vorstellen. Etwas, was über uns bestimmen kann. Ein wenig paradox, dass ausgerechnet sie das sagt, aber ich habe es nicht angesprochen. Die Stunden vergingen und mit ihnen das Licht und die Geräusche.

»Fünf Dinge, die du in deinem Leben noch tun willst«, fordere ich sie grinsend heraus.

Amy sieht nachdenklich zum Himmel. »Hm. Das ist gar nicht so einfach.«

»Ich helf dir, okay?«

Sie nickt begeistert und klammert sich an meinen Arm. »Ou ja! Was willst DU denn noch in deinem Leben machen?«

»Mit einem Flugzeug fliegen«, sage ich.

»Auf einem Pferd in den Sonnenuntergang reiten«, antwortet sie grinsend.

»Eine Weltreise machen.«

»Ein Konzert besuchen.«

Schockiert starre ich sie an. »Du warst noch nie auf einem Konzert? Was ist nur los mit dir?« Als könnte ich nicht glauben, was das für eine Person neben mir ist, schüttele ich schnalzend den Kopf.

»Und du bist noch nie geflogen, was ist nur los mit dir?« Sie lacht und boxt mich in den Arm. Instinktiv greife ich danach und dirigiere ihre Hand an meine Brust. Ich sehe, wie sie schluckt, als sie zu mir heraufsieht.

»Dich diese Nacht so oft küssen und berühren, dass ich es mein Leben lang nicht mehr vergessen werde.«

Ihre Hand befreit sich und wandert meinen Hals hoch. Krallt sich in die kleinen Härchen in meinem Nacken und zieht mein Gesicht zu sich heran. Wie mechanisch zueinander geleitet, finden sich unsere Lippen. Beinahe schüchtern küssen wir uns. Es ist so anders als alle Küsse davor. Wir sind anders. Wir wissen, dass er der erste von einer Reihe letzter Küsse dieser

Nacht sein wird. Meine Hände wandern zu ihrem Gesicht und spüren die Tränen, die daran hinablaufen.

Wir stehen etliche Minuten nur so da. Ohne einen Laut von uns zu geben, ohne uns voneinander zu trennen, oder den Kuss zu verändern.

Wir stehen einfach nur da und hoffen, dass die Welt sich für uns aufhört zu drehen.

Kapitel 18

Amy

Als ich am Morgen aufwache, ist der Zauber von letzter Nacht verflogen. Wie man schon aus Märchen kennt, dauern diese meistens nur einige wundervolle, lebensverändernde Stunden an. Und so war es auch bei mir. Ich habe immer noch nicht das Gefühl, als könnte ich Sean einfach so gehen lassen, aber zumindest haben wir einen würdigen Abschied hingelegt. Sean liegt neben mir auf dem Boden, weil das Bett irgendwann einfach zu klein wurde. Wir haben alle Decken und Kissen zusammengetrieben, die wir finden konnten, und sie auf dem Holzboden verteilt.

Mein Rücken schmerzt, als ich mich zu ihm umdrehe und bemerke, dass er die Augen geöffnet hat. Die Hände unter seinem Kopf gekreuzt, liegt er da und sieht mich an. Aber heute erwartet mich nicht das süße, herzerwärmende Lächeln, das ich sonst immer sehen durfte, wenn er mich anschaute. Heute verändert sich sein Gesicht kein winziges Bisschen. Wenn, dann wird es nur trauriger.

Sean hat nicht geweint – anders als ich – aber ich habe gespürt, wie verletzt er ist. Vielleicht wäre es besser gewesen, ihm diese Zeit nicht zu schenken, aber vielleicht haben wir sie auch einfach gebraucht. Vielleicht sind genau die Dinge, die falsch erscheinen, genau das, was in dem Moment richtig ist.

»Hey«, murmle ich und lege mich in dieselbe Position wie er.

»Hey«, murmelt er zurück. Ein trauriges Lächeln schleicht sich auf seine

Züge. In dem Zimmer ist es totenstill, bis wir die leisen Regentropfen auf das Dach prasseln hören. »Mein Zug geht in einer Stunde.«

»Zug?«, frage ich und kneife die Augen zusammen.

Sean atmet tief durch. »Ich habe dir gesagt, dass es unsere letzte Nacht sein wird. Aber wenn ich bleibe, werde ich das nicht einhalten können. Ich werde gehen.«

Es war schwer, Sean beim Packen zuzusehen. Es war schwer, ihn zum Bahnhof zu begleiten. Es war schwer, ihn sein Ticket kaufen zu sehen. Und es ist höllisch schwer, hier mit ihm vor dem Zug zu stehen, der ihn wegbringt. In ein paar Minuten wird er wegfahren und mich zurücklassen. Genau, wie ich es gewollt habe.

Der Regen ist heute besonders unnachgiebig. Es scheint, als weine die Welt für uns mit. Das ist das Ende einer Liebesgeschichte, die von Anfang an keine Chance hatte. Dabei hätte sie so fabelhaft werden können. Wieso konnte ich ihn nicht vorher kennenlernen? Wieso zeigt mir das Schicksal, wie es hätte sein können? Wir stehen uns gegenüber. Seine Koffer zwischen uns.

Sean nimmt etwas aus seiner Reisetasche und reicht es mir. Ein Umschlag. Ein Brief. »Lies ihn erst, wenn ich weg bin! Und dann schmeiß ihn sofort weg, okay?« Ich betrachte den Brief in meiner Hand und kann nur knapp dem Bedürfnis widerstehen, ihn sofort aufzureißen und zu lesen. Trotzdem nicke ich und verstaue ihn in meiner Tasche. Dieser Moment gehört nur uns.

»Wirst du wiederkommen?«, frage ich, obwohl ich es nicht sollte. Aber habe ich in den letzten Monaten nicht alle Sollte-ich-nicht-Grenzen überschritten?

»Ich glaube nicht.« Mein Herz tut weh! So weh! Ich glaube, dass alle Organe in meinem Körper langsam den Geist aufgeben, denn ich bekomme kaum noch Luft. Ich versuche den Blick abzuwenden, will es ihm einfacher machen zu gehen, aber ich kann es einfach nicht.

»Es tut dir leid, dass ich dich kennenlernen musste. Du wünschtest, es wäre anders ...« Er zitiert mich, sieht aber nicht wütend aus. Sachte führt er meine Hand zu seiner Brust, sodass ich den schnellen Herzschlag darunter spüren kann. »Mir tut es kein Bisschen leid. Aber ich wünschte, wir wären in anderen Situationen gewesen. Trotzdem will ich, dass du weißt, dass ich keine Sekunde bereue. Du hast aus mir einen anderen Menschen gemacht – und ich weiß, dass das abgedroschen klingt.« Er lacht kehlig, und ich glaube, ein Schluchzen darin zu hören. Ich versuche schon lange nicht mehr, meine Tränen zurückzuhalten.

»Ich wünschte auch, wir wären in anderen Situationen gewesen. Aber Sean: Du musst kein anderer Mensch sein. Ich mag dich ganz genau so, wie du bist«

Mit Tränen in den Augen beugt Sean sich vor und legt seine Lippen auf meine. Sie zittern. »Ich muss jetzt gehen«, murmelt er, dreht sich um und geht.

Bis auf die Knochen durchnässt stehe ich am Bahnsteig und sehe dem Zug hinterher, der schon vor etlichen Minuten aus meinem Blickfeld verschwunden ist.

Er ist weg.

Ich suche mir einen Unterschlupf, wo ich seinen Brief lesen kann, ohne dass er völlig zerstört wird.

Amy, in diesem Moment liegst du in unserem bescheidenen Nest und ich weiß, dass es das letzte Mal sein wird. Du bist Federbetten gewohnt, hast dich aber nicht darüber beschwert, bei mir auf dem Boden liegen zu müssen.

Niemals hätte ich gedacht, dass ich dazu überhaupt in der Lage bin, weil ich es niemals gewollt habe, aber ich liebe dich. Mein Leben lang wollte ich nichts, als frei sein. Wollte keine Frau, keine Kinder, kein schickes Haus, oder einen langweiligen Job.

Bis ich dich getroffen habe. Als ich dich das erste Mal gesehen habe, mit diesen traurigen Augen. Als ich gesehen habe, dass eine so wundervolle Frau wie du bei einem Mann wie ihm bleibt. Als ich gesehen habe, was du für ein großes Herz und was für ein wunderschönes Lächeln du hast.

Amy, du hast mich verzaubert. Ich liebe alles an dir. Deine Güte, deine Geduld, dein kleines Stupsnäschen und die feinen Sommersprossen, die man nur sieht, wenn man dir so nahe ist, wie du es mir erlaubt hast.

Aber egal, wie sehr ich dich liebe … Mit anzusehen, wie du immer wieder zu ihm gehst, wie du dich behandeln lässt, ertrage ich nicht mehr. Es tut mir weh, deinen Schmerz sehen zu müssen und zu wissen, dass ich dir nicht helfen kann, weil du dir nicht helfen lassen willst.

Wäre er ein guter Mann, den du aus irgendeinem Grund nicht verlassen kannst, würde ich so lange bei dir bleiben, wie du es willst. Ich würde dich vielleicht sogar verstehen, aber so nicht. Er ist ein Monster, aber du hast dich für ihn entschieden, und mir das Herz herausgerissen.

Als ich dich kennenlernte, habe ich mir zum ersten Mal ausgemalt, wie es wäre, eine Familie zu haben. Ich habe mir vorgestellt, wie ich mich um fünf Uhr morgens aus dem Bett quäle, einen stinklangweiligen Job verrichte, nur damit ich abends wieder

neben dir liegen kann. Und ich war dazu bereit. Ich habe mich sogar darauf gefreut.
Amy, ich wünsche mir nichts sehnlicher, als dass du glücklich bist. Ich hoffe so sehr,
dass er dich irgendwann wieder glücklich machen kann.
Für immer, dein Sean.

Meine Tränen versuchen mich am Lesen zu hindern, aber das lasse ich nicht zu. Ich lasse nicht zu, dass meine Gefühle wieder einmal etwas zerstören. Dieser Moment gehört uns. Es ist der Letzte, den wir teilen. Obwohl Sean nicht mehr bei mir ist, spüre ich ihn durch die Zeilen.

Ich weiß, dass er Recht hat, und ich den Brief am besten vernichten sollte, doch ich bringe es nicht übers Herz. Mit bebenden Schultern und zitternden Fingern verharre ich über dem Mülleimer, aber kann es einfach nicht. Nicht nach diesen Worten. Ich will sie nicht vergessen. Niemals.

Kapitel 19

Sean

Ich habe keinen Plan, wohin ich gehe. Wo soll ich auch ohne sie hin? Ich will die Welt bereisen, aber ohne Amy hat das alles keinen Sinn.

Trevor:
Wie geht's dir, Mann?

Sean:
Beschissen!

Trevor:
Fuck. Ich pass auf deine Surfschüler auf, bis du wieder da bist.
Wehe du kommst nicht wieder!
Momentan läuft alles aus dem Ruder!

Sean:
Irgendwann werde ich bestimmt wiederkommen.
Nur verrecke ich, wenn ich sie sehen muss.

Trevor:
Sie hat doch keine Ahnung, was für einen verdammt guten Kerl sie gehen lässt.

Ich denke, sie weiß es. Sie weiß, wie gut wir zusammen wären.

Und das ist womöglich das Tragischste an der ganzen Geschichte.

Kapitel 20

Amy

Seit Sean weg ist, zähle ich nicht mehr in normalen Stunden. Ich zähle »in-Sekunden-Minuten-Stunden-und-Tagen-seit-Seans-Abfahrt«. Heute ist:

Tag eins nach Seans Abfahrt:

Zaghaft versuche ich mich auf meinen Alltag zu konzentrieren. Wobei dieser bekanntlich nur aus Herumhängen besteht. Also irre ich in dem großen Haus herum, auf der Suche nach Ablenkung. Ich öffne jede Tür, beginne zu putzen, obwohl eigentlich alles blitzblank ist, weil unsere Putzfrau erst heute Morgen da war.

Die Langeweile sucht mich sofort heim, sobald ich fünf Minuten keine Arbeit habe. Und Langeweile bedeutet, dass ich nachdenke. Und das Nachdenken bringt mich zum Zweifeln.

Und Zweifel sind alles andere als gut.

Ich. Habe. Mich. Richtig. Entschieden!

Oder?

Tag fünf nach Seans Abfahrt:

Jared ist heute Morgen zur Arbeit gefahren, ohne sich überhaupt von mir zu verabschieden. Als ich an den Esstisch trete, sehe ich eine Nachricht von ihm.

Du wirkst in letzter Zeit so bedrückt. Das zieht meine Laune selbst mit runter. Also habe ich Daisy eingeladen. Sie soll dich nochmal auf den Teppich bringen.

Kein »Ich liebe dich«. Kein »Für immer, dein Jared«. Keine Schmetterlinge in meinem Magen.

Im Gegensatz zu dem Brief, den ich seit fünf Tagen in meinem Zimmer verstecke und immer dann herauskrame, wenn es mir schlecht geht, zerknülle ich diesen und schmeiße ihn weg. Daisy ist die letzte Person, die ich sehen will. Ich will ihn sehen. Oder Hollie. Aber ich kann weder das eine noch das andere. Er ist weg. Und sie kann einfach nicht verstehen, wieso ich ihn habe ziehen lassen.

Und oft kann ich es auch nicht mehr nachvollziehen.

Ungeduldig geistere ich im Haus umher, will gerade in den Garten gehen, als es an der Tür klingelt.

Daisy trägt ein weißes Tennisoutfit, und wirkt einfach nur lächerlich dabei, weil ich ganz genau weiß, dass sie nicht ein einziges Mal in ihrem Leben einen Tennisschläger in die Hand genommen hat.

»Darling!«, begrüßt sie mich und haucht mir Küsschen auf die Wangen. Darling! Himmel! Bin ich ein altes Großmütterchen oder was? Zusammen gehen wir in die Küche. Daisy setzt sich auf einen der Hocker am Tresen und beobachtet mich dabei, wie ich uns heißes Wasser aufsetze.

»Wo hast du denn deinen kleinen Engel gelassen?«, frage ich und versuche so gelassen zu klingen wie früher, wenn wir über dieses und jenes geplaudert haben. Nie zu tiefgehende Themen. Nie wirklich über unsere Gefühle. Nie etwas, das uns zusammenschweißt.

»Er ist bei der Tagesmutter. Manchmal tut es einfach gut, ein bisschen Ruhe zu haben«, sagt sie lächelnd. Während ich sie beobachte frage ich mich, ob ich ihr jemals eine Chance dazu gegeben habe, mich enger kennenzulernen und meine Freundin zu werden. »Und wie geht es dir so?«

Ihre Hände streichen immer wieder über den glatten Stoff ihres Rockes.

Der Kessel hinter mir pfeift. Das heiße Wasser gibt mir einige Minuten, um mir klarzuwerden, wie es mir geht, und ob ich es ihr wirklich sagen soll.

Mit zwei Teetassen in der Hand drehe ich mich um, stelle Daisys vor ihr ab und nehme ihr gegenüber Platz. Nachdenklich fahre ich mit dem Finger den Rand der Tasse nach.

Ich entschließe mich, ihr die Wahrheit zu sagen. Zumindest einen Teil davon. Von Sean wird sie niemals erfahren … Ich wische mir die verschwitzten Hände an meiner Hose ab und hebe den Blick. Will ihr in die Augen sehen. Sie muss mir einfach glauben.

»Daisy? Du bist doch meine Freundin, oder?«

Sie hebt abschätzig eine Augenbraue. »Natürlich, wieso?«

»Ich glaube, dass ich Jared nicht mehr liebe. Er behandelt mich manchmal wie Dreck. Mal ist er liebevoll, aber dann gibt er mir wieder das Gefühl, nichts wert zu sein.«

Zuerst sieht sie mich an, als verstünde sie. Die Augenbrauen zusammengezogen. Einen ernsten Blick aufgesetzt. Doch dann verdreht sie die Augen und mir wird augenblicklich klar, dass es keine gute Idee war, ihr davon zu erzählen. Es ist wie ein Hieb in den Magen.

»Du übertreibst, Amy. Er ist halt ein Stückchen älter als du. Und du musst zugeben, dass du nicht ganz unschuldig bist, dass er dich nicht immer so liebevoll behandelt, wie du es gerne hättest. Manchmal benimmst du dich einfach unmöglich. Du interpretierst da nur etwas Falsches hinein.«

»Das glaube ich nicht. Manchmal habe ich das Gefühl, dass er mich hier einsperren will.« Ich deute mit den Armen auf alles, das uns umgibt. Vielleicht muss ich sie nur davon überzeugen.

Daisy schnalzt mit der Zunge und steht auf. »Ich an deiner Stelle würde so nicht über meinen Mann reden. An einer schlechten Ehe sind immer zwei schuld.«

Dann geht sie. Lässt mich nach diesem Geständnis zurück. Sie ist keine Freundin. Ich habe nur eine, und die habe ich von mir gestoßen, weil ich es nicht ertragen kann, sie zu sehen.

Tag siebzehn nach Seans Abfahrt:

Morgen ist der große Tag. Für ein ganzes Wochenende fahre ich mit meinen Kindern nach Disney World. Seit Sean weg ist, habe ich mich nicht mehr so sehr auf etwas gefreut. Jared ist die letzten Tage immer kühler und distanzierter geworden. Ihm gefällt nicht, dass ich mit nach Disney World fahre. Da er nicht mitkommen kann, ist er missmutig und unterstellt mir Dinge, die absolut absurd sind. Er glaubt, dass das Ganze nur ein abgekartetes Spiel ist. Dass ich ihn in Wirklichkeit verlasse und das Wochenende dazu nutze. Na gut, so absurd sind seine Gedanken nicht, denn in den letzten Wochen kann ich ihm kaum noch in die Augen sehen, ohne sie ihm auskratzen zu wollen. Anmerken lasse ich mir natürlich nichts, und ich bin mir sicher, dass das irgendwann wieder vergeht. Aber aus diesem Grund bin ich einfach nur glücklich, ihn für ein ganzes Wochenende nicht sehen zu müssen.

Es tut nur weh.

Zu wissen, dass ich mich für ihn entscheiden musste, weil ich mir selbst keine Wahl gelassen habe. Willkürlich stopfe ich Klamotten in meinen Koffer. Ich will so schnell wie möglich fertig sein, damit ich schlafen gehen und dann ganz früh wieder aufstehen kann.

Sobald ich fertig bin, verstaue ich noch das Wichtigste in meinem Koffer. Den Brief, den ich niemals hierlassen würde, wenn ich weg bin.

Ich schließe die Rollläden und vergrabe mein Gesicht in dem Kissen.

Wird das Vermissen jemals weniger werden? Wird mein Herz jemals wieder normal funktionieren? Mit Tränen in den Augen, die seit seiner Abfahrt ständig auf ihren Einsatz lauern, schließe ich sie.

»Liebling?« Jareds Flüstern geht mir durch Mark und Bein. Ich mag es nicht, wenn er in mein Zimmer will. Es ist der einzige Raum, der mir gehört.

»Hm?«, murmle ich und schalte das Licht neben meinem Bett ein. Jared steckt lächelnd den Kopf in mein Zimmer. »Hast du mal kurz deinen Ausweis bei der Hand? Ich brauche ihn für Papierkram.«

Verwirrt kneife ich die Augen zu – bisher hat er nie sowas von mir gebraucht – aber weil ich keine Lust auf Diskussionen habe, taste ich neben das Bett, wo meine Handtasche stehen müsste. Allerdings ist sie weg. Merkwürdig. Ich springe aus dem Bett und suche das ganze Zimmer ab. Jared beobachtet jeden meiner Schritte, bewegt sich aber kein Stückchen vom Türrahmen weg. »Vielleicht unten?«, schlägt er vor.

»Kann eigentlich nicht sein«, murmle ich, dränge mich trotzdem an ihm vorbei, um so schnell wie möglich diese blöde Tasche zu finden und wieder in mein Bett zu können.

Nachdem ich meine Handtasche im Garten gefunden habe – wie sie dahingekommen ist, ist mir ein Rätsel – stürme ich wieder hoch in mein Zimmer, um mich endgültig schlafen zu legen. Wobei es dafür eigentlich noch viel zu früh ist. Die Sonne ist nicht einmal untergegangen.

Mein Herz macht einen gewaltigen Aussetzer, als ich in meinem Türrahmen ankomme und sehe, was Jared innerhalb kürzester Zeit angerichtet hat. Mit hängenden Schultern und gesenktem Kopf sitzt er auf meinem Bett. Umgeben von Klamotten und Papieren. Mein Schreibtisch ist komplett ausgeräumt. Und mein Koffer ebenfalls …

In der Hand hält er etwas. Einen Brief. Seinen Brief.

Meine Instinkte raten mir, abzuhauen. Wegzulaufen und nicht wiederzukommen, aber meine Beine sind bewegungslos. Wie ein eingeschüchtertes Tier starre ich meine Angst an. Paralysiert beobachte ich seine Schultern, die sich bei jedem Atemzug heben. Mein Herz schlägt wild. Hämmert wie die Bässe in einer Disco. Seine Hände ballen sich langsam zu Fäusten. Der Brief wird zerknüllt und achtlos zu Boden fallen gelassen, während ich mich endlich aus meiner Starre löse und einige Schritte rückwärts mache.

Sein Blick hebt sich. Wut. Eine steile Falte hat sich auf seiner Stirn abgebildet. An seinem Hals pulsieren Adern und sein Kiefer mahlt. Für einige Sekunden starre ich ihm verängstigt in die Augen, bis er sich blitzschnell erhebt und ich erkenne, dass er nicht darüber hinwegsehen wird, was er soeben gelesen hat.

Zwei Stufen gleichzeitig nehmend sprinte ich die Treppe hinab, aber ich bin nicht schnell genug. Bevor ich mich versehen kann, hat er mich erreicht und die letzten Stufen hinabgestoßen. Obwohl ich versuche, meinen Kopf zu schützen, schlägt er unsanft auf die harten Fliesen auf.

Alles dreht sich.

Übelkeit überrollt mich. Ich sehe nur noch unscharf, wie seine Schuhe in meinem Blickfeld erscheinen.

»Du verfluchte Hure!«, brüllt er und steht über mir, während ich mir den Kopf halte. Die Welt hört nicht auf, sich zu drehen. Meine Sicht verändert sich jedoch. Wird wieder aufrecht. Jared reißt mich an den

Haaren hoch, sodass ich vor ihm stehe. »Du hast dich von diesem Wichser ficken lassen, was? Du bist so eine Schande! Ein Dreckstück! Ich hätte ein so viel besseres Leben haben können ohne dich! Vor dir war alles perfekt, aber dann bist du nicht einmal in der Lage mir ein gesundes Kind zu schenken! Habe ich dich weggestoßen? Nein! Und so dankst du es mir? Ich wünschte, ich hätte dich damals einfach verrecken lassen!«

Seine Worte tun mir nicht mehr weh. Doch der Schlag, den er mir ins Gesicht gibt, lässt mich taumeln und nach Luft schnappen.

Ich will weg. Will raus. Will zu ihm. Und zu Noah. Denke an alle, die ich liebe.

Tränen sammeln sich in meinen Augen, während ich versuche, ihm auszuweichen. Ich falle zu Boden, versuche Halt zu finden und nicht unter meinen wackligen Gliedern umzukippen. Ein Tritt in meinen Bauch presst alle Luft, die mir geblieben ist aus meinen Lungen. Ich huste, würge. Will sterben.

Aber Jared ist noch nicht fertig mit mir. Mit beiden Händen umfasst er meinen Hals und drückt zu.

Mein ganzer Körper zuckt. Mein Inneres steht in Flammen.

Alles wird schwarz.

Kapitel 21

Sean

Ich sitze auf einer Terrasse in Bay Lake und schlürfe an meinem Kaffee. Einen ganz besonders ätzenden Kaffee um genau zu sein! Ich könnte sagen, dass es mich zufällig hierher verschlagen hat, aber in Wirklichkeit weiß ich, dass Amy und die Kinder irgendwann hier auftauchen werden. Sie wollen nach Disney World und auch, wenn ich sie nicht sehen sollte, will ich es … Und wenn es nur aus der Distanz ist. Dass ich ihr unter all den Menschen zufällig begegnen würde, ist ohnehin beinahe unmöglich, aber ich glaube an das Schicksal.

Als mein Handy klingelt und ich Hollies Nummer sehe, fühle ich mich sofort ertappt. »Was gibt's?«, frage ich so locker wie möglich. Ich lehne mich auf meinem Stuhl zurück, während ich mir das Handy zwischen Schulter und Ohr klemme und mir eine weitere Packung Zucker in die Tasse gebe. Die Brühe schmeckt wirklich widerlich!

Als Hollie jedoch nicht antwortet und ich nur ein leises Schluchzen höre, schmeiße ich den Zucker weg und greife wieder nach dem Handy. »Was! Ist! Los?!«

»Amy«, schluchzt sie. »Sie ist im Krankenhaus.«

Ich spüre, wie mir sämtliche Farbe aus dem Gesicht weicht. Meine Hände beginnen zu Zittern, mein Herz schlägt unregelmäßig. »Ist es schlimm?«, frage ich mit brüchiger Stimme.

Hollie antwortet nicht.

»Nickst du gerade?« Sie schluchzt.

»Aber sie lebt?« Ich bete. Ich bete zu allen Göttern, die es eventuell auf der Welt geben könnte. »HOLLIE!«

»Ja. Sie lebt. Komm. Bitte.«

»Wer hat sie gefunden?« Sobald Hollie aufgelegt hatte, bin ich zum Bahnhof gesprintet und habe den ersten Zug genommen, der in die Richtung von Fort Lauderdale gefahren ist. Zwar ist es jetzt mitten in der Nacht, als ich ankomme, aber Amy ist ohnehin noch nicht so wach, dass man sie ansprechen könnte. Die Ärzte erzählen uns nichts. Eine Krankenschwester hat uns nur mitleidig angesehen, sich umgeschaut und gesagt, dass sie immer mal wieder für einige Sekunden die Augen aufschlägt.

»Sie sollten heute doch nach Disney World und weil eine der Mütter noch eine Frage hatte, hat sie bei Amy angerufen. Als keiner ranging, ist sie bei ihr vorbeigefahren. Amy … Sie hatte sich wohl irgendwie noch in den Garten geschleppt.«

Sie wollte nicht alleine sterben. Sie wollte bei Noah sein. Ich vergrabe das Gesicht in meinen zitternden Händen. Das kann nicht wahr sein! Hätte niemand nach Amy gesehen, wäre sie jetzt nicht mehr da. Der einzige Mensch, den ich auf eine Weise liebe, die ich selbst nicht verstehe.

Als ich merke, dass auch Hollie völlig am Ende ist, ziehe ich sie in eine Umarmung. Sofort krallt sie sich in mein Shirt und vergräbt das Gesicht an meinem Hals.

»Was sollen wir nur machen?«

»Ich weiß es nicht«, gestehe ich und es ist wahr. Noch nie in meinem

Leben habe ich mich so machtlos gefühlt. Eines ist klar: Sollte Jared es wagen, hier aufzutauchen, werde ich ihn umbringen.

Kapitel 22

Amy

Unter größter Anstrengung schaffe ich es, die Augen zu öffnen. Ein penetrantes Piepen bringt mich dazu, sie aufzuhalten. Wo bin ich? Als ich eine ganz in Weiß gekleidete Frau sehe, die sich über mein Bett beugt, erinnere ich mich, dass Jared völlig ausgeflippt ist. Ich versuche mich so zu drehen, dass die Frau mir nicht mehr so nahe ist, aber dann spüre ich die Schläuche, an denen ich angeschlossen bin. Bin ich in einem Krankenhaus?

»Oh. Sie sind endlich wach! Ich rufe gleich einen Arzt!« Hektisch verschwindet die Frau aus dem Zimmer und lässt mich völlig perplex zurück. Was ist eigentlich passiert?

Nach einigen Minuten – oder waren es Stunden? – kommt die Frau mit einem Mann im Schlepptau zurück, der sofort beginnt, meine Werte zu kontrollieren.

»Hallo, Mrs. Moore. Ich bin Doktor Anderson. Ich bin ihr behandelnder Arzt und soweit sieht alles prächtig aus.« Prächtig? Ich fühle mich alles andere als prächtig! Doktor Anderson betatscht meinen Hals, der sofort brennt, als hätte man einen Kanister Säure darüber gegossen. Ich versuche zu sprechen, aber auch das tut so weh, dass ich es schnell wieder lasse.

»Wollen Sie Ihren Besuch bereits empfangen?« Ich denke einige Minuten darüber nach, schüttle dann aber den Kopf. Mühsam bekomme ich ein »Was ist passiert« heraus und der Arzt erzählt mir alles.

Erschöpft schließe ich die Augen und unterdrücke meine Tränen, weil ich sicher bin, dass die mir auch nicht mehr helfen können.

Es dauert ein paar Tage, bis ich meinen ersten Besuch empfange. Und auch da erlaube ich es nur, weil es Sally und Maggie sind. Ich kann mir vorstellen, wie viele Sorgen die Kleine sich meinetwegen macht, und will sie ihr endlich nehmen. Die Krankenschwester lässt sie herein und schließt die Tür wieder hinter sich, als sie den Raum verlässt.

Sally bleibt unschlüssig mitten im Raum stehen und mustert mich mit weit aufgerissenen Augen. Ihre kleine Hand klammert sich an den Arm ihrer Mutter.

»Wie war es denn in Disney World?«, frage ich mit rauer Stimme, um die Aufmerksamkeit von meinem Zustand zu lenken. Es fällt mir immer noch schwer zu reden und das Schlucken tut mir höllisch weh.

»Ohne dich wollten wir nicht«, sagt Sally. Ihre Unterlippe bebt, als ihr Blick weiterhin über meinen Körper gleitet. Ich muss erbärmlich aussehen. Gerne würde ich die Hand ausstrecken und sie trösten, aber ich kann gerade mal die Augen offenhalten.

»Komm her«, röchle ich und öffne meine Arme so weit es mir möglich ist. Mit einem raschen Blick zu ihrer Mutter, die ihr zunickt, stürmt sie auf mich zu und wirft ihre kleinen Ärmchen um meinen Hals.

Sie bleiben eine Weile bei mir und beinahe ist es so, als wäre nichts passiert. Sally erzählt mir von ihren Freundinnen und der Schule. Sie spielt an meinen Haaren und scheint die Schläuche nicht mehr zu bemerken. Irgendwann steht Maggie allerdings vom Stuhl auf und gibt mir einen Kuss auf die Wange. »Wir müssen jetzt wieder gehen. Aber ... Sean ist draußen. Willst du ihn sehen?«

»Sean ist da?«, frage ich atemlos und sofort beginnt mein Herz verrückt zu spielen.

Sally und ihre Mutter nicken synchron. »Hollie hat ihn am ersten Tag angerufen und seither sitzt er vor deiner Tür.«

»Wieso wollte er mich denn nicht besuchen?«, frage ich Maggie. Sie legt eine Hand an die Tür und lächelt. »Er wusste nicht, ob du ihn sehen willst.« Sie streckt die Hand nach Sally aus. Obwohl diese sich zunächst weigert, löst sie sich dann doch von mir und ergreift die Hand ihrer Mutter.

»Er ist ein wirklich Guter«, sagt Maggie noch, bevor sie mein Zimmer verlassen. Nach einem schwachen Versuch, meine Haare in Ordnung zu bringen, will ich mich aufsetzen, merke aber schnell, dass das noch nicht möglich ist.

Sobald er die Tür öffnet, fällt alles in sich zusammen. Meine ganze Tapferkeit, meine ganze Stärke. Ihn zu sehen, lässt alle Gefühle gleichzeitig in meiner Brust explodieren. Auch Sean geht das Wiedersehen nah. Sein Kiefer bebt. Unschlüssig, was er tun soll, bleibt er in der Tür stehen und mustert mich. Meinen geschundenen und geschwächten Körper, meine blutunterlaufenen Augen. Und dennoch versucht er sich an einem Lächeln. »Hat dir heute schon jemand gesagt, dass du wunderschön bist?«

Die Dämme brächen. Und obwohl es unheimlich wehtut, kann ich es nicht unterdrücken. Ich muss nicht sagen, dass er zu mir kommen soll. Sean laufen ebenfalls Tränen übers Gesicht, als er sich neben mich aufs Bett legt und mich an sich zieht. Achtsam, mich nicht zu sehr zu bewegen. Seine Anwesenheit beruhigt mich sofort. Es ist, als sei ich endlich wieder komplett. Obwohl es mir furchtbar geht, ist er wieder bei mir. Bedacht streicht er mir über den Kopf und wiegt mich ganz leicht in seinen Armen.

»Ich habe dir etwas mitgebracht«, flüstert er und legt mir mein Medaillon in die Hand. Sofort drücke ich es an mein Herz. »Du musst es verloren haben …«

… Als mein Ehemann mich beinahe umgebracht hat.

Die Tage vergehen langsam im Krankenhaus. Aber immerhin habe ich so genügend Zeit, mir über alles Gedanken zu machen. Es rührt mich sehr, dass mich so viele Leute besuchen kommen. Sally und Maggie haben einige der anderen Kinder mitgebracht. Hollie und Trevor waren schon öfter hier. Und Sean. Sean ist jeden Tag da. Manchmal muss ich ihn regelrecht zwingen, zu gehen. Er fühlt sich schuldig – und diese Schuld erdrückt mich. Seine traurigen Augen erinnern mich nur daran, dass sie am Anfang gestrahlt haben.

Aber an manchen Tagen brauche ich seine Nähe auch einfach, um mich zu vergewissern, dass ich nicht alleine bin. Er liebt mich. Und ich wünschte, ich könnte meinen Gefühlen ihm gegenüber auch einfach vertrauen.

Heute kam er recht spät, weil er am Morgen einiges zu erledigen hatte. »Amy«, sagt er sanft und setzt sich zu mir aufs Bett. »Wir müssen bald darüber reden, wie es weitergeht. Was mit Jared passiert. Das Krankenhaus kann dir ein Attest ausstellen, aber du musst ihn anzeigen. Hollie und ich können bezeugen, wie er dich behandelt hat. Mit diesen Beweisen wird er keine Chance haben.«

Müde lasse ich meinen Kopf in die Kissen sinken und beobachte Sean. Die klaren Augen. Die zerzausten Haare. Die wundervollen Lippen. Es ist nicht das erste Mal, dass er dieses Thema anschneidet und er wird wieder einmal nicht die Antwort bekommen, die er erwartet.

»Ich werde ihn nicht anzeigen«, sage ich bestimmt. Zumindest so bestimmt, wie es mein Zustand zulässt. Sean steht auf rauft sich die Haare, läuft im Zimmer auf und ab und schüttelt immer wieder den Kopf.

»Wieso nicht? Amy! Du musst doch endlich etwas daraus lernen … Bitte!« Sein Blick ist flehentlich.

Wie schön er ist!

»Es wird ihn schon genug bestrafen, wenn ich ihn verlasse. Du weißt, dass ich ihn nicht anzeigen kann und ihm damit auch noch das Letzte nehme, das ihm bleibt.« Ich weiß, wie dumm ich bin. Dass ich ihn sofort vernichten sollte. Ich weiß, dass er bestraft werden muss. Aber ich weiß auch, wie sehr er ohne mich leiden wird. Nachdem ich aufgewacht war, wollte er mich besuchen. Zum Glück war Sean nicht da. Ich weiß nicht, was er mit Jared getan hätte. Hollie ist allerdings genauso ein guter Beschützer. Sie hat lange mit Jared geredet. Wobei geredet untertrieben ist – sie hat ihn zur Sau gemacht. Nachher hat sie mir erzählt, dass er angekrochen kam wie ein Hund. Ich weiß also, dass er mich vermutlich nochmal umstimmen will, aber die Scheidung wird ablaufen, wie geplant. Und dazu muss ich nur ein Jahr Abstand von ihm haben. Der Rest wird über Anwälte laufen. Ich werde Jared nie wiedersehen müssen.

Sean bleibt wie angewurzelt stehen, bevor er zu meinem Bett gestürmt kommt, sich davor kniet und meine freie Hand umklammert. »Du verlässt ihn?« Er klingt so, als hätte er nicht damit gerechnet.

»Ja. Ich muss. Aber ich werde nicht hierbleiben. Ich habe schon mit Hollie geredet. Sie kommt mit mir. Sie braucht ebenso Abstand wie ich.« Die Freude, die sich eben noch auf seine Züge geschlichen hat, verblasst und verwandelt sich in Verzweiflung. Seine Augen gleiten unruhig über mein Gesicht, bis er sich an einem Lächeln versucht. »Ich werde auch mitkommen, wenn du willst. Trev kann die Surfschule übernehmen. Wir gehen nach London, wie du es wolltest!«

Es bricht mir das Herz, aber ich lege ihm mit Tränen in den Augen meine Hand an die Wange und schüttele den Kopf. »Nein.«

Er schluckt, sieht aber nicht überrascht aus. Vielleicht weiß er insgeheim, dass ich diese Auszeit brauche. »Wann kommst du wieder? Du wirst doch wiederkommen, oder?«

»Ja. Irgendwann.« Ich spüre die Tränen, die über mein erhitztes Gesicht laufen und sich ihren traurigen Weg suchen.

Wieder stehen wir an dem Bahnhof, an dem wir uns bereits einmal voneinander verabschiedet haben. Wenn es jetzt regnen würde, wäre es eine perfekte Kopie. Mit gebrochenen Herzen stehen wir uns gegenüber. Umarmen uns, küssen uns, verabschieden uns. Der Unterschied ist, dass heute ich es bin, die gehen wird.

»Du kannst bleiben, Amy. Wir müssen ja nicht direkt zusammen sein.« Seans Gesicht wirkt beinahe grau. Dunkle Schatten haben sich unter seine Augen gelegt. Am liebsten würde ich alles abblasen. Würde mich um seinen Hals werfen und einsehen, dass er alles ist, was ich brauche. Nur sieht die Wahrheit anders aus. Ich brauche zunächst einmal mich. Mit den Fingerspitzen streiche ich über sein stoppeliges Gesicht und präge mir jedes Detail von ihm ein. Ich weiß nicht, wann oder ob ich ihn jemals wiedersehen werde. Dabei habe ich Sean so viel zu verdanken. Ohne ihn würde ich immer noch das selbe traurige Leben führen wie noch vor ein paar Monaten.

Sean hat mir gezeigt, dass das Leben lebenswert ist. Dass man mit seinem Schicksal nicht vorliebnehmen muss, sondern für etwas Besseres kämpfen soll.

»Ich kann das alles nicht. Ich brauche Zeit. Nach allem, was passiert ist, kann ich niemanden lieben. Wenn ich es könnte, würde ich dich lieben.«

Mit Tränen in den Augen streicht er mir über die Wangen. »Amy, ich gebe dir alle Zeit der Welt. Ich werde ewig auf dich warten, wenn es sein muss. Aber wenn du wiederkommst, musst du mir vertrauen. Du musst mir glauben, dass ich dich niemals so behandeln würde, wie er.«

Ich schluchze, lehne meine Stirn an seine Brust und wünschte zum wiederholten Mal, ich könnte bleiben. Ich wünschte, Jared hätte mich nicht so sehr gebrochen, wie er es getan hat. Aber diese Wünsche sind umsonst. Alles, was ich tun kann, ist beten, dass ich mein Vertrauen wiederfinden kann. Sex und Schwärmereien sind das Eine, Liebe etwas Anderes. Etwas, wozu ich noch nicht bereit bin.

»Wenn ich wiederkomme und du mich noch willst, werde ich vor deiner Tür stehen.«

»Ich werde wollen. Für immer.« Mit diesem letzten, geflüsterten Satz küsst er mich und dreht sich dann um. Er geht weg, um es mir einfacher zu machen. Was ich beim letzten Mal nicht konnte. Er wird immer der Stärkere sein. Ich bin mir sicher, dass er ein Teil meines Herzens mit sich genommen hat.

Hollie legt mir eine Hand auf die Schulter und zieht mich in eine feste Umarmung, bevor wir in den Zug steigen und alles hinter uns lassen.

Unser erstes Ziel ist Disney World, wo die anderen bereits auf uns warten. Danach werden wir schauen, wohin es uns verschlägt.

Es wird das größte Abenteuer meines Lebens werden …

Epilog

Amy

1 Jahr später

Ich muss keine Angst haben. Er wird da sein. Er hat gesagt, dass er wartet. Für immer. Für immer mein Sean. Für immer wir. Und doch ist für immer ein großes Wort und ich habe fürchterliche Angst, dass er das Warten leid war. Für mich hat sich in all der Zeit nichts verändert. Naja, zumindest im Zusammenhang mit Sean hat sich nichts verändert. Mein Rucksack, den ich gegen meine alten Koffer ausgetauscht habe, steht neben mir. In ihm befindet sich rein gar nichts mehr, was mich mit meiner Vergangenheit in Verbindung bringt. Alles, was mich noch daran erinnert, ist mein Medaillon und die Erinnerungen. Davon kann mich niemand befreien und das will ich auch gar nicht. Die letzten Jahre waren furchtbar und doch haben sie mich zu der Frau gemacht, die ich jetzt bin. Man kann an seiner Vergangenheit zerbrechen, oder man kann versuchen daran zu wachsen. Ich will über mich hinauswachsen. In den vergangenen 365 Tagen habe ich erkannt, dass ich niemanden außer mir selbst brauche. Ich hätte ebenso gut weiterreisen und nie wieder zurückkommen müssen. Hätte Sean nicht mehr gebraucht, um mich aus meinem Käfig zu befreien. Ich bin es jetzt, die die Zügel meines Lebens in der Hand hat. Und doch stehe ich jetzt hier vor seiner Tür. Weil ich auch etwas anderes erkannt habe: Wahre Liebe bedeutet nicht Abhängigkeit, wahre Liebe bedeutet Freiheit. Ich klopfe an der Tür und es dauert keine zehn Sekunden, ehe ich seine Schritte dahinter höre. Sean öffnet sie und erstarrt. Er trägt eine Badehose und ein weißes

196

Shirt, und sieht aus, als wäre er gerade auf dem Sprung zum Meer. Wie versteinert steht er da und sieht mich mit offenem Mund an, als könne er nicht fassen, dass ich wirklich da bin. Mein Puls hämmert gegen meinen Hals, mein Brustkorb hebt und senkt sich rasend schnell. Wie konnte ich vergessen, wie sehr seine Nähe auf mich wirkt? Sobald ich zögernd lächle, scheint er aus seiner Starre zu erwachen und macht einen großen Schritt auf mich zu, bis er direkt vor mir steht. Wie von selbst finden seine starken Arme um meinen Körper und umklammern ihn. Sean vergräbt die Nase ihn meinem Haar und atmet tief ein. »Habe ich dir heute schon gesagt, wie sehr ich dich liebe?«

»Baby, wach auf!« Was will er von mir? Irgendetwas klatscht mir auf den nackten Arsch. Als ich mich mit zusammengekniffenen Augen zu ihm umdrehe, steht er bereits vollkommen angezogen vor dem Bett und hat mir meine Klamotten aufs Bett – oder eben auf mich – geworfen.

»Was willst du von mir? Wieso quälst du mich so?«, frage ich murmelnd. Die Nacht war nicht besonders lang. Ich bin erst vor zwei Tagen wiedergekommen und seither haben wir Seans Hütte nicht mehr verlassen.

Er legt sich sachte von hinten auf mich und flüstert mir etwas ins Ohr: »Weil ich eine Überraschung für dich habe.« Es läuft mir eiskalt den Rücken hinab.

Das Jahr, in dem ich mit Hollie quer durch Amerika gereist bin, habe ich viel über mich selbst gelernt. Ich habe Seiten an mir gefunden, die ich mir bisher nie erträumt habe. Ich bin mutiger. Stärker. Unabhängiger. Und ich kann wieder lieben. Obwohl ich mich nicht wieder verlieben musste, denn mein Herz erinnerte sich das ganze Jahr über an Sean. Doch jetzt bin ich bereit, es zu akzeptieren.

Ich streichle über seinen nackten Arm, der neben meinem Gesicht bettet. »Noch ein bisschen im Bett bleiben?«, frage ich verführerisch und drehe mich unter ihm.

Sein Blick ist fest auf mein Gesicht geheftet. »An einem anderen Tag würdest du diese Frage nicht einmal denken müssen, aber heute haben wir etwas vor.«

Grummelnd schiebe ich eine Unterlippe vor. »Du wusstest doch gar nicht, dass ich wiederkomme«

»Das musste ich gar nicht. Und jetzt …« Er springt auf und stemmt die Hände in die Hüfte. »Jetzt ziehst du dir endlich etwas über diesen Prachtkörper, bevor ich es mir doch noch anders überlege.«

Widerwillig schlüpfe ich in meine Klamotten und folge Sean nach draußen, wo er sich über sein Fahrrad schwingt und mich zu sich winkt.

»Sean? Was wollen wir hier?« Mein Puls beschleunigt sich. Unbehagen nimmt von meinem ganzen Körper Besitz. Sobald ich die große weiße Villa erspähe, weiß ich, dass das unser Ziel ist.

»Ich habe dir gesagt, dass du mir vertrauen musst. Ich werde dich niemals schlecht behandeln. Vertrau mir einfach!« Am liebsten wäre ich vom Fahrrad gesprungen, doch Seans Lächeln ist so liebevoll, dass ich ihm einfach vertrauen muss. Mein Magen zieht sich zusammen, sobald wir ankommen und Sean mir signalisiert, abzusteigen. Aber ich kann mich nicht rühren. Früher wusste ich nicht, wie sehr ich hier gefangen war. Ich vermisse meinen Garten. Ich vermisse Noah. Aber ich fürchte die Leere in diesem Haus. Und ich fürchte ihn. Erst mit der Zeit ist mir klargeworden, wie sehr ich ihn fürchte. Wie sehr er mich unter Kontrolle hatte. Ohne Hollie wäre ich vermutlich zu ihm zurückgekehrt, sobald ich die erste Hürde auf meiner Reise bewältigen musste. Sie hat mir verboten, in den nächsten Zug zu steigen. Die ersten Monate haben sich meine Gedanken ununterbrochen um Jared gedreht. Was würde er davon halten? Würde es ihm gefallen, wenn ich das tue? Würde ihn das verärgern? Irgendwann wurden die Gedanken leiser. Noch jetzt höre ich sie, aber ich bin mittlerweile stark genug, um sie in den Hintergrund zu verbannen.

»Weißt du, wie es ihm geht?«, frage ich und merke augenblicklich, wie Sean sich versteift.

»Als du weg bist, hat er eine Therapie begonnen und soweit ich weiß, besucht er sie auch heute noch.«

Ich nicke. »Gut für ihn. Was, wenn er das nur tut, um mich zurückzugewinnen?«, frage ich und höre selbst, wie eingebildet das klingt, aber ich kenne Jared.

»Dann wäre ich für dich da und würde dich vor ihm beschützen. Ich werde nie wieder zulassen, dass er dir wehtut. Ich werde nie wieder abhauen, wenn es kompliziert wird.« Er stoppt und hält mir seine Hand hin. Tief durchatmend greife ich danach und steige vom Fahrrad. Sofort kralle ich mich in Seans Arm und folge ihm in den Garten. Mein Herz schlägt schneller, als ich Noahs Baum entdecke. Wie sehr ich ihn vermisst habe! Nach seinem Tod, habe ich ihn eigenhändig gepflanzt. Der Anblick seines Grabes war zu viel für mich. Ich wollte etwas Schönes für ihn haben. Neues Leben für ihn pflanzen. Ich knie mich vor ihm hin, vergesse beinahe, wo ich bin. »Hallo mein Schatz.« Eine Zeitlang bleibe ich vor ihm sitzen, streiche über die dünnen Ästchen und die leuchtenden Blätter.

»Komm mit«, bittet Sean mit ruhiger Stimme und hilft mir hoch. Hand in Hand steuern wir auf die Verandatür zu, die allerdings aufgerissen wird, bevor wir auch nur in ihre Nähe kommen. Ein lauter Schrei ertönt und ich bin mir sicher, dass ganz Fort Lauderdale ihn gehört hat. Ich reiße mich von Sean los und stürme ihm entgegen. Sally sprintet die letzten Treppenstufen hinab und wirft sich mir in die Arme. »Amy! Amy! Amy!« Ich küsse ihr ganzes Gesicht ab und drücke sie nur umso fester an mich. Erst, als sie mich von sich drückt und über das ganze Gesicht strahlend ansieht, frage ich mich, was sie überhaupt hier macht. »Komm! Ich zeig dir alles!« Sie ist kaum gewachsen und ich muss mich immer noch bücken, um ihr ins Gesicht sehen zu können.

»Was willst du mir zeigen?«

»Das Mädchenzimmer!«, säuselt sie und wirft sich das Haar über die Schulter. Ohne auf eine Antwort zu warten, zieht sie mich hinter sich her. Ich traue meinen Augen nicht, als ich ins Innere meines ehemaligen Zuhauses komme. Überall an den Wänden hängen selbstgemalte Bilder, aus Ton geformte Skulpturen und Fotos meiner Kinder. Einige der Kinder, die uns über den Weg laufen, kenne ich nicht, aber sie scheinen mich zu kennen, denn sie umarmen mich, sofern es ihnen möglich ist. Sally zieht mich die Treppe hoch zu meinem alten Zimmer. Und beinahe fallen mir die Augen aus dem Kopf. Alles ist pink!

»Wie hast du das nur hingekriegt?«, frage ich Sean mit belegter Stimme. Wir sitzen im Esszimmer, das völlig umgeräumt wurde. Der breite Esstisch wurde gegen fünf schmale Tische ausgetauscht, auf dem die Kinder jetzt malen können.

Sean streicht mir eine Strähne hinters Ohr. »Dein Exmann war wirklich sehr gütig und hat deiner Organisation sein Anwesen überschrieben. Ist das nicht nett?« Sein Mund verzieht sich zu einem frechen Grinsen. »Und dazu musste ich ihm nur aufzählen, was ihn erwarten würde, wenn er es nicht täte.«

»Aber wie wird alles finanziert? Jared wird es ja wohl kaum noch bezahlen.«

Er grinst überlegen und stupst mit dem Finger auf meine Nasenspitze. »Hollie hat bei so vielen Jobs ehrenamtlich gearbeitet. Sie kennt viele Leute. Viele Leute mit noch viel mehr Geld. Nach einigen Gesprächen mit ihnen konnte ich sie davon überzeugen, dass sie ruhig etwas zurückgeben können. Ein paar haben sich dazu bereit erklärt, die Finanzierung zu übernehmen.«

Ich greife Sean am T-Shirt und ziehe ihn zu mir heran. »Du bist anscheinend ein guter Redner«, flüstere ich an seinen Mund.

»Ich bin ein noch viel besserer Küsser«, erklärt er verschmitzt. Seine Mundwinkel zucken.

Ich hebe eine Augenbraue. »Ach ja? Davon musst du mich aber erst überzeugen.«

Sean überbrückt die letzte, winzige Distanz zwischen uns und küsst mich. Leidenschaftlich. Sehnsüchtig. Begierig. Voller Liebe. Und endlich kann ich sie annehmen. Zulassen. Und in viel größerer Menge wieder an ihn zurückgeben.

Ende

Danksagung

Wenn DU diese Danksagung liest, dann pass jetzt gut auf.
Denn diese Danksagung ist nur Dir gewidmet. Egal, wer Du bist, egal ob
Du sie vor Amys Geschichte, oder danach liest. Dieses Buch habe ich
nun zum zweiten Mal veröffentlicht, weil ich sie so sehr liebe. Wenn Du
hier bist, heißt das, dass du ihr eine Chance gibst und das bedeutet mir
alles! Danke, dass Du Amys Weg begleitest, dass du Sean in dein Herz
lässt und gemeinsam mit ihnen aus der Dunkelheit ins Licht trittst.
Danke, dass Du mich unterstützt und somit dafür sorgst, dass mehr
Menschen diese Geschichte, die mir so am Herzen liegt, lesen.
Danke.
Danke.
Danke!
Wer auch immer Du bist.

Andere Werke:

Glück findet man nur dort, wo das Herz ist. Fünf Jahre nach dem Tod ihrer Mutter findet sich Emma zum ersten Mal wieder in ihrem Heimatdorf ein und stellt sich ihrer Vergangenheit. Alten Feindschaften, ihrer vernachlässigten besten Freundin und dem ganzen Schmerz. Dann taucht Dylan auf, selber gezeichnet vom Schicksal, und beginnt Emmas sorgsam errichteten Mauern einzureißen

Seit dem Tod ihrer Eltern ist Bettys Kopf ein düsterer Ort voller Schmerz und tiefer Abgründe. Bevor sie sich in ihrer Trauer vollkommen verlieren kann, schickt ihr Bruder sie in eine Therapie, wo sie Aiden kennenlernt, in dessen Kopf dieselben Schatten hausen. Für eine Zeit scheint es, als könnten sie sich gegenseitig retten, doch dann beginnt für beide der Alltag wieder und Aiden scheint wie ausgewechselt. Gezwängt in Muster, die er nach all den Jahren nicht mehr ablegen kann, verletzt er Betty immer wieder. Ist ihre Verbindung stark genug, um die Rollen, in denen sie Zuflucht gefunden hatten, aufzugeben?

Heiraten, Kinder bekommen, ein völlig bodenständiges Leben führen: Das war Mayas Plan. Niemals wollte sie so egoistisch werden wie ihre Mutter, die sie und ihren Vater für eine ruhmreiche Karriere verlassen hat. Doch als die neue Lebensgefährtin ihres Vaters mit ihren drei Kindern bei ihnen einzieht, droht ihr Plan zu scheitern.
Der Grund: Logan. Vorlaut, unverschämt und verdammt sexy. Genau das, was Maya immer meiden wollte, und doch kann sie die körperliche Anziehung nicht leugnen.

Er ist ein Mitglied der Havoc Hearts.
Sie tut alles, um zu überleben.
Sie sind unterschiedlich und doch so gleich.

In einer Welt, in der Angst, Drogen und Kriminalität an der Tagesordnung stehen, wird man robust. Und einsam. Lunas Leben besteht darin, sich um ihren drogenabhängigen Vater und ihre drei Schwestern zu kümmern, während Drax nach Rache für den Mord an seiner Mutter dürstet. Doch was, wenn es plötzlich einen Menschen gibt, der einem einen neuen Sinn im Leben gibt? Wenn man sich entscheiden muss, ob man seine Mauern fallen lässt, oder alleine weiterkämpft?

Prolog

Hollie

10 Jahre früher

Die Funken des Feuers, das wir vor Stunden angezündet haben, fliegen mir ins Gesicht, aber es ist mir egal. Ich beobachte sie, wie sie sich eine Zigarette nach der anderen dreht. Ich habe keine Ahnung, wie sie heißt, aber dafür kenne ich alles andere von ihr. Ich kenne ihre Geschichte, die so tragisch und unglaubwürdig zugleich ist. Ich könnte mir nicht einmal vorstellen, wie es wäre, nach so etwas noch weiterzuleben, aber sie sieht immer fröhlich aus – beinahe sogar glücklich. Eine Träne kullert mir die Wange hinab. Eine von vielen. Aber man spricht lieber nur von der einen. Sie ist dramatischer. Sie versucht einem weiszumachen, dass man danach aufgehört hat zu weinen. Aber man hört nie wieder auf zu weinen. »Wie machst du das?«, frage ich flüsternd. Sie sieht mich lächelnd an, hört aber nicht auf, das Papier um den Tabak zu drehen. Sie sieht aus wie Ende 50, obwohl sie in Wahrheit zehn Jahre jünger ist. Die eingefallenen Wangen, die tiefen Falten und das krause Haar lassen sie so viel älter wirken. Ich weiß, dass die Straße das mit einem macht, und ich habe Angst, auch irgendwann so auszusehen. »Was meinst du, Liebes?«

Ich schlucke, weil mich auf einmal der Mut verlässt. Was, wenn sie keinen Tipp für mich hat? Was, wenn sie sagt, dass sie nichts Besonderes tut? »Du wirkst trotz allem, was passiert ist, glücklich. Wie kann das sein?«

Ihr Lächeln bleibt, wird aber traurig. »Denkst du denn, dass ich glücklich bin?«

Wie könntest du? Ich zucke mit den Schultern. »Zumindest siehst du so aus.«

Ihre Augen konzentrieren sich wieder auf die Zigarette, dessen Papier sie ableckt und den überschüssigen Tabak rauszupft. »Wenn man jemandem begegnet fragen die meisten wie es einem geht. Dabei wollen sie es eigentlich nicht wissen. Man antwortet mit »gut«, obwohl es einem in Wahrheit alles andere als gut geht. Es interessiert sie nicht.«

Mein Blick findet das lodernde Feuer, das mir beinahe das Gefühl von Geborgenheit gibt. Als Kind habe ich oft mit meinen Freundinnen Lagerfeuer am Strand gemacht. Ich vermisse diese Zeit.

»Also lügst du? Du tust nur so, als wärst du glücklich?«, frage ich enttäuscht, obwohl ich es bereits geahnt habe.

Sie seufzt, legt das Kästchen mit ihren Zigaretten weg und sieht hinaus zum Meer. »Wie alt bist du, Liebes? Sechzehn?«

»Fünfzehn.«

Sie seufzt erneut. Als mache es das noch schlimmer. Vielleicht tut es das. Ich weiß es nicht.

»Du bist jung. Du hast noch viel Zeit, um zu lernen, dass es einfacher ist, etwas vorzuspielen, als erklären zu müssen, wieso man unglücklich ist.« Sie wendet mir ihr faltiges Gesicht zu und zupft leicht an der Decke, die um meine Schultern liegt. Sie lächelt und scheint mit den Gedanken weit weg. »Manchmal glaube ich mir sogar selbst, dass alles gut ist. Wenn du es nur fest genug versuchst, glaubst du es dir irgendwann vielleicht auch.«

Kapitel 1

Hollie

Jetzt

»Luft!«, jubele ich und dränge mich an einem Teenie vorbei, der wie ein Zombie auf sein Smartphone starrt, anstatt dieses Höllengefährt zu verlassen. Ich frage mich mittlerweile, ob diese Generation überhaupt noch etwas mitbekommt. Womöglich könnte der Zug Feuer fangen - ich bin mir sicher, dass er kurz davor ist - und trotzdem müsste der Kerl erst seinen Status auf Facebook und Co ändern. Vielleicht würde er auch währenddessen einen Snap machen, damit er weitere Follower bekommt. Na danke! Vollhonk! Ein niederer Urinstinkt muss in ihm zum Leben erwacht zu sein, als ich ihn zur Seite schupse, damit Amy ebenfalls an ihm vorbeikommt, denn er grunzt irgendwas - vermutlich um seinen Gegner einzuschüchtern - das Tippsen unterbricht er allerdings nicht.

»Sorry«, entschuldigt sich Amy bei ihm, aber er scheint sie nicht einmal zu registrieren.

»Er müsste sich dafür entschuldigen, den Platz besetzt zu haben. Ich bin fast gestorben!«, rufe ich und reiße theatralisch die Arme in die Luft. Amy verdreht grinsend die Augen. »Bist du nicht! So schlimm war die Fahrt nun auch wieder nicht! Vielleicht übertreibe ich, ja. Aber vielleicht habe ich auch das gute Recht dazu, denn die letzten drei Stunden haben wir in einem überfüllten Zug gesteckt, dessen Klimaanlage ausgefallen ist. Prima! Jetzt stinke ich wie die Pest und werde in diesem Zustand Trevor wiedersehen.

Nach einem Jahr.

Ich schlucke als ich daran denke, und spüre ein ungewohntes Kribbeln in meinem Körper. Eigentlich sollte ich nicht so fühlen. Nein, eigentlich will ich nicht so fühlen. Das zwischen Trevor und mir war rein platonisch. Nur Freundschaft. Mitbewohner und Freund.

Und trotzdem freue ich mich viel zu sehr, ihn endlich wiederzusehen.

~

Meine beste Freundin Amy und ich sind ein ganzes Jahr in Amerika herumgereist. Erstaunlich, was man alles im eigenen Land entdecken kann. Und in diesem Moment sind wir endlich wieder zu Hause angekommen. Eigentlich habe ich Fort Lauderdale nie als mein Zuhause angesehen. Und doch spüre ich eine Vorfreude darauf, meine liebsten Orte wieder besuchen zu gehen. Aber verdammt, meine Vorfreude auf Trevor ist noch viel stärker.

Vor einem Jahr war es … schwierig. Und genaugenommen ist es das immer noch. Er weiß nicht, dass ich wieder da bin. Zwar haben wir ab und zu miteinander geschrieben, aber irgendwann fanden wir beide, dass eine Auszeit gut wäre - Wie praktisch, dass ich hunderte von Meilen weg war. Und jetzt? Soll ich die Auszeit einfach wieder beenden? Sie einfach wieder in eine Inzeit umändern? (Wieso zur Hölle gibt es kein Wort für das Nach-der-Auszeit?) Schließlich habe ich keine andere Bleibe und muss wieder zu ihm ziehen. Oh nein, wie schrecklich!

»Ich verabschiede mich dann mal.« Amy setzt ihren Rucksack auf den Boden und sieht mich eine Weile an. Ich erkenne die Angst in ihren Augen und gleichzeitig die Hoffnung. Lächelnd ziehe ich sie in eine Umarmung und gebe ihr einen Kuss auf die Wange. »Du schaffst das, Schatz.« Vor unserer Abfahrt war Amys Leben noch viel verkorkster als meines - und das muss wirklich schon etwas bedeuten. Genau wie ich, muss sie sich nun ihren Geistern aus der Vergangenheit stellen. Ihr Geist heißt Sean und ist Trevors bester Freund. »Und jetzt hau ab, ich hab dich jetzt viel zu lange ertragen müssen!«, sage ich grinsend und drücke ihr ihre Tasche in die Hand.

»Manchmal hasse ich dich echt, Hollie!«, entgegnet sie lachend.

»Unsinn! Das ist nur ein Gefühl der unerbittlichen Liebe.«

Tief durchatmend schultere ich meine Tasche und bereue es sofort - ich stinke wirklich fürchterlich! Weil ich Trevor nicht so stinkend unter die Augen treten will, beschließe ich, mich einfach wie ein Tourist zu benehmen und mich unter die Standduschen zu stellen. Zum Glück kenne ich jeden Winkel und jede Abkürzung hier und komme deshalb gut voran. Die Sonne ist heute besonders drückend und der Strandbereich, den ich ansteuere brechend voll. Einige der Kerle, die genau neben den Duschen Volleyball spielen, werfen mir neugierige Blicke zu, kommen aber nicht auf die Idee mir mit meinem Gepäck zu helfen. Zuvorkommend, wie immer. Ich liebe dieses Land!

Ich schleppe mich genau vor sie, obwohl auch noch einige der andern Duschen frei wären. Aber will ich mir diesen Spaß nehmen? Definitiv nein!

Ihre Augen folgen mir, weil auch ich sie keinen Moment aus den Augen lasse. Die drei sehen wirklich gut aus und das Problem bei diesen Kerlen ist: Sie wissen es auch. Nicht umsonst spielen sie kaum merklich mit ihren Muskeln. Wie alle ihrer Spezies haben sie ein schiefes Lächeln aufgesetzt und begeben sich in eine coole Position. Das Ballspiel ist vergessen. Möglichst vorteilhaft lehnen sie an der Mauer neben den Duschen.

Langsam schäle ich mich aus den Klamotten - die ich womöglich sogar verbrennen muss, wenn der Gestank nicht mehr rausgeht - und lasse sie unachtsam auf den Boden gleiten.

Eigentlich hatte ich schon immer eine recht gute Figur, obwohl sie mir sowas von egal ist und ich vermutlich trotzdem besser auf meine Ernährung achten sollte, aber nach dem Jahr bin ich relativ fit geworden. Einer von ihnen hebt eine Augenbraue, als ich nur noch in meiner Unterwäsche vor ihnen stehe und das Wasser der Dusche andrehe.

Kaltes Wasser! So muss sich der Himmel anfühlen!

Genüsslich fahre ich mir durch meine schulterlangen, blonden Haare. Immer noch weine ich meinen wunderschönen Dreads nach, die ich in einer durchtränken Nacht abgeschnitten habe. Wer auch immer auf diese bescheuerte These kam, dass Betrunkene immer die Wahrheit sagen, sollte man vielleicht einfach eine runterhauen. Die Mädels, auf dessen Junggesellinnenabschied wir uns selbst eingeladen hatten, waren überzeugt, dass mir kurze Haare stehen würden. Kleine Randbemerkung: Tun sie nicht.

Immerhin sind meine Haare wieder nachgewachsen und ich sehe nicht mehr aus wie ein gepiercter Joffrey Baratheon. Ein letztes Mal streiche ich sie mir aus dem Gesicht, bevor ich die Augen öffne und die Jungs angrinse. »Würde irgendwer von euch mir gerne beim Einschäumen helfen?«, frage ich und hebe das Duschgel hoch. Die drei sehen sich an und langsam breitet sich ein Grinsen auf ihren Gesichtern aus.

»Klar«, sagt einer von ihnen achselzuckend, die andern nicken synchron wie diese Hunde mit den wackelnden Köpfen.

»Schade, dass ich das auch alleine ganz gut hinbekomme, was? Ich meine, meine Tasche konnte ich auch ganz alleine tragen, dann schaffe ich das hier mit Links.« Ich zwinkere ihnen zu und verteile das Gel auf meinem

Körper. Bei dem erschütterten Gesichtsausdruck, den die Jungs aufsetzen, könnte ich mir selbst auf die Schulter klopfen. Auf meiner persönlichen Strichliste, bekomme ich einen weiteren und die Machos dieser Welt nur ein trauriges Smiley.

Zu Fuß gehe ich zu seiner Wohnung - zu unserer Wohnung - und mit jedem Schritt den ich mache, rast mein Herz schneller. Mein Magen fühlt sich an, als hätte ich zu viel Luft verschluckt. Unterwegs halte ich noch bei Joeys und hole uns eine XXL Familienpizza. So viel wie ich zu erzählen habe, wird die gerade so reichen. Als ich vor dem großen Appartementhaus stehe und nach oben zu seinem Schlafzimmerfenster sehe, bekomme ich es mit der Angst zu tun. Was für eine völlig bescheuerte Idee, einfach wieder hier aufzutauchen, ohne mich anzukündigen. Was er wohl gerade macht? Ich stelle meine Tasche auf den Boden und atme in tiefen Schüben. So habe ich es gelernt, habe es mir als Kind selbst beigebracht, wenn alles zu viel wurde. Mit in die Hüfte gestemmten Händen stehe ich sicher zwanzig Minuten vor dem Haus und starre nach oben. Als plötzlich die Tür aufgedrückt wird und Frau Meyer von gegenüber vor mir steht, senke ich endlich den Blick und spüre eine Verspannung in meinem Nacken.

»Hollie?«, fragt sie erstaunt und zieht an der Leine ihres kleinen Cockerspaniels. Ich senke mich auf die Knie und kraule Bailey hinter den Ohren. Er bellt und läuft mir um die Beine herum. »Was machen Sie denn hier?«

»Hallo, Frau Meyer, ich bin wieder zurück«, sage ich und sehe lächelnd zu ihr empor. Frau Meyer ist eine kleine, dralle Dame, die immer adrett gekleidet ist. Es ist egal, ob sie mit dem Hund rausgeht, den Müll hinunter bringt, oder zu einer Gala eingeladen ist. Sie ist auf alles vorbereitet. Breit lächelnd nickt sie und zieht Bailey hinter sich her. »Da wird Trevor sich aber freuen.«

Als sie weg ist, nehme ich endlich meinen ganzen Mut zusammen und stürme die drei Etagen regelrecht hoch, bis ich vor unserer Tür stehe. Soll ich einfach reingehen? Ihn überraschen und auf dem breiten Sofa sitzen, wenn er kommt? Oder doch lieber klingeln? Ich beschließe, dass eine auf-dem-Sofa-Überraschung überraschender ist und krame in meiner Tasche nach dem Schlüssel. Doch als ich ihn in das Schloss schieben will … passt er nicht. Verwirrt kontrolliere ich, ob es der richtige Schlüssel ist, doch da ich neben den vier Anhängern nur zwei Schlüssel an dem Bund habe, und der andere knallpink ist, kann ich mich unmöglich geirrt haben. Stirnrunzelnd versuche ich es erneut, aber es passt einfach nicht. Ernüchternd stelle ich fest, dass er das Schloss ausgetauscht haben muss. Ein Stich durchbohrt mein Herz, den ich schnell wegklopfe. Es gibt sicher eine Erklärung. Ein Einbrecher vielleicht. Ich richte mich nickend auf und klopfe schlussendlich an der Tür. Die Pizzaschachtel strecke ich geöffnet vor mich, weil ich nicht genau weiß, wie ich ihn begrüßen soll. Wenn es nach meinem Herz ginge, würde ich mich um seinen Hals werfen und ihn küssen, nach meinem Kopf hingegen, würde ich ihn einfach Umarmen. Schließlich hat sich an meiner Einstellung nichts geändert. Ich habe keinen Platz für eine Beziehung. Aber ich habe sehr viel Platz für Trevor. Ansonsten wäre ich nach einem Jahr über ihn hinweg, oder? So nimmt die Schachtel mir die Entscheidung ab. Doch als ich höre, wie ein Schlüssel im Schloss umgedreht wird, entscheide ich mich um und stelle den Karton auf den Boden